KB080180

세상의 모든 연인들에게

저자 **박용민**

저자는 20년 경력의 외교관으로 현재 주일본대사관에 참사관으로 근무 중이며, 2007년부터 〈포브스 코리아〉를 비롯한 몇몇 잡지에 영화 이야기를 연재 또는 기고한 영화 애호가다. 연세대학교와 영국 케임브리지 대학원을 졸업한 후 주유엔UN대표부, 주오만대사관, 주미국대사관, 주인도네시아대사관 등을 거쳐 다섯 번째 재외공관에서 일하고 있으며, 외교통상부 북핵협상과장으로 근무했다. 음악 연주와 사진 촬영과 여행을 영화 못지않게 애호한다는 그는 〈별난 외교관의 여행법〉(바람구두, 2009)과 〈영화관의 외교관〉(리즈앤북, 2009)의 저자이기도 하다. 이 책의 모든 삽화는 저자 자신이 그렸다.

# 사랑은 영화다

지은이 | 박용민

초판 1쇄 발행 | 2011년 3월 21일

펴낸이 | 김제구
펴낸곳 | 도서출판 리즈앤북
편집 | 박유안

등록일 | 2002년 11월 15일   등록번호 | 제22-741호
주소 | 121-842 서울시 마포구 서교동 463-31 플러스빌딩 4층
전화 | 02-332-4037
팩스 | 02-332-4031
e메일 | riesnbook@paran.com

값 | 12,500원

ISBN 978-89-90522-67-2 03810

# 사랑은 영화다

박용민 지음

리즈앤북
ries & book

나는 영화에 빗대어 이야기하기를 즐긴다. 나의 첫 책 〈영화관의 외교관〉(2009, 리즈앤북)도 그랬지만, 이 책 역시 평론critique이나 논평review과는 거리가 멀다. 나는 다만 영화에 빗대어 우리가 살아가는 이야기를 하려는 것뿐이다.

어릴 때는 좀 괴팍하거나 특이한 영화가 좋았다. 대학생이 되어 영화에 더 재미를 붙이고 나서는 "역시 영화제 수상작만큼 좋은 영화는 없다"고 생각했던 적이 있다. 영화 관계 일을 업으로 삼아 보면 어떨까 하는 꿈도 꿔보던 무렵이었다. 그런 꿈을 다 접은 이제, 나의 흥미를 끄는 영화는 인구에 오래 회자되는 영화, 상업적으로 대박을 터뜨린 영화, 또 다른 무슨 이유에서든 많은 사람의 관심을 끄는 영화다. 영화를 감상하는 것 못지않게, 영화를 보는 사람들을 감상하는 것도 즐겁다.

많은 사람들이 어떤 영화를 봤다는 건, 이유가 무엇이건 간에 그 영화가 많은 사람에게 소통의 재료가 될 수 있었다는 뜻이다. 영화는 우리 시대가 가장 폭넓게 공유하는 '공통의 텍스트'인 셈이다. 그러니 어찌 영화에 빗대어 이야기하기를 즐기지 않을 것인가. 영화는 비유이고, 예화이며, 은유metaphor이자 우의寓意, allegory다. 이왕 영화를 소통의 도구로 삼는다면 많은 사람이 관심을 갖는 한 가지 주제에 관해 이런저런 이야기를 해 보고 싶었다. 그래서 골라본 주제가 사랑이다.

사랑을 하지 않는 사람은 없다. 사랑은 최고의 환희일 수도 있고, 최악의 고통이 될 수도 있다. 누구나 사랑을 하지만, 그렇다고 사랑이 뭐라고 딱 잘라 말할 수 있는 사람도 없다. 세상에 똑같은 사랑은 없으므로, 사랑을 말하는 건 사람에 대해 말하는 것과 다르지 않다. 연애에 관한 영화의 역할이 유난히 크다는 점도 감안했다. 나의 친구 로마노Romano가 단언하듯, "누군가의 연애관에서 그 사람이 본 연애영화의 비중은 실제로 만났던 상대와의 경험보다 클 것이다."

우선 손에 얼른 닿는 영화로 서른 편 남짓 골라 보았다. 영화 제목을 굳이 영어로만 표기한 건 나름대로 고민 끝에 결론 내린 이유가 있어서다. 긴 이야기가 되겠으므로, 정히 궁금하신 분이 있다면 나의 지난번 책을 참고해 주시면 되겠다. 이 책의 글 중 네 편은 잡지사에 기고했던 것이고, 한 편은 지난번 책에서 데려왔다. 에필로그는 작년 서울신문의 요청으로 써냈던 글이다. 종이나 아이폰에 그린 몇 개를 제외한 대부분의 삽화는 타블렛tablet을 사용해서 컴퓨터로 그렸다.

목차에 소제목을 나열하고 보니 조금은 기괴한 사랑론이 된 것 같다. 몇몇 비관적인 소제목이 독자에게 지레 겁을 주지는 않았으면 한다. 읽다 보면, 사랑이라는 역설적 수수께끼에 반어법으로 도전하는 전언들을 만나실 수 있으리라 믿는다. 나 같은 책상물림도 감히 사랑에 대해 논할 수 있는 유일한 이유는, 사랑이라는 신비한 주제에는 정론이 따로 없기 때문일 따름이다.

상업적 전망이 불투명한 글을 책으로 엮어준 리즈앤북의 김 사장님께 감사한다. 이십 년 넘도록 영화에 빗대어 많은 이야기를 나누어준 나의 벗들, 특히 우하愚下와 로마노 두 사람에게 고맙다. 만일 이 책이 기특한 통찰력을 품었다면 칭찬은 이들 몫이다. 과분한 추천의 글을 흔쾌히 써준 박진표 감독께도 감사한다. 이런 글을 책으로 내곤 하는 나를 쓸모없는 짓이나 하는 괴짜로 취급하지 않고, 오히려 진심 어린 격려를 보내준 직장의 선후배, 동료들께도 깊이 감사한다.

2011년 1월 도쿄에서
박용민

## 사랑을 말하는 영화

# 사랑

호르몬이 주연하는 생화학적 춤판

부른 적 없이 함께 오고

함께 가는 식욕과 성욕

달리 방법 없이 질긴 핏줄

발에 맞는 구두 같은 익숙함 또는

비정상적인 부재

아니, 가엾은 결심

설명이나 설렘 굳이 필요 없는 약속

– 나

# 사랑을 말하는 영화

사랑은 영화다. 부귀는 타고난 재물운이 있어야 누릴 수 있을지 몰라도,

사랑이라는 영화는 누구나 누릴 수 있다. 가슴이 차갑게 식어버리지 않는 한.

# 사랑은 불가능한 선택이다

Casablanca(1942)

사내는 냉소적이고 강인해 보인다. 하지만 그의 이력은 그가 실은 구제불능의 낭만주의자라는 점을 드러낸다. (마음속 깊은 곳에서 우리 중 누가 그러하지 아니한가!) 그는 미국인이지만 왕년에 에티오피아 독립전쟁과 스페인 내전에 참가한 경험이 있다. 그리스 독립전쟁에 참여했던 바이런Byron이나, 스페인 내전에 참전했던 헤밍웨이Hemingway와 조지 오웰George Orwell이 그러했듯, 젊은 날의 그의 가슴속에는 정의감이라는 횃불이 걷잡을 수 없이 타오르고 있었다는 뜻이렷다. 지금 그는 비시Vichy 괴뢰정부가 통치하는 모로코의 도시 카사블랑카에 산다. 그의 직업? 술집 주인이다.

카사블랑카는 나치 정권의 박해를 피해 도망 온 수많은 유럽인들이 체류하면서 미국으로 갈 기회를 잡기 위해 발버둥치는 곳. 사내는 이곳에서 자신의 이름을 딴 "Rick's Café Américain"이라는 카페를 경영한다. 이곳은 카사블 랑카에 사는 모든 외국인과 도박꾼, 술꾼, 협잡꾼들의 명 소가 되었다. 이 카페는 그가 흘러들어온 인생의 막장처럼 보인다. 그 자신도 파리에서 자유롭게 살다가 독일의 침공 을 피해 모로코로 도망 온 터였다.

그는 파리에서 일자Ilsa라는 프랑스 미녀와 사랑을 불태 웠고, 두 사람은 나치의 침공을 피해 모로코로 함께 떠나기 로 약속했었다. 그녀는 그러나 약속했던 시간에 기차역에 나타나지 않았고, 함께 떠날 수 없다는 메모 한 장만 덜렁 보내왔다. 그에게는 그녀의 이별 통보가 독일의 프랑스 침 공이나 2차 세계대전 전체보다 더 큰 상처가 되었을 터다. 아하. 관객들은 깨닫는다. 무엇이 저 사내를 저렇게 냉소 적이고 우울하게 만든 건지.

어느 날, 그녀가 카사블랑카에 나타난다. 그것도 그의 카페에. 그녀는 자신의 남편인 레지스탕스 지도자 빅터Victor 와 함께 그곳에 나타나 그에게 도움을 요청한다. 자기 남편 만이라도 미국으로 갈 수 있도록 도와달라고. 사연을 들어 본즉, 그녀는 빅터가 수용소에서 죽은 줄로 잘못 알고 릭과 우울하고도 짧은 사랑을 나누었던 것이다. 그녀가 릭과 함께 남불南佛행 피난열차를 타기로 약속했던 바로 그날, 동료들은 남편의 생존소식을 전해왔었단다.

여자는 그에게 말한다. 남편을 존경하고 사랑하지만, 당신에 대한 사랑도 진심이었다고. (하여간 예쁜 여자들이란!) 또다시 당신을 저버릴 수는 없다고. 남편을 미국으로 보내주면 자신은 카사블랑카에 남겠노라고. 자, 당신이 험프리 보가트Humphrey Bogart라면 어떻게 하시겠는가. 더구나 상대 여성이 잉그리드 버그만Ingrid Bergman이라면? 당신에게는 대략 세 가지 선택이 있다.

015

(1) 자기를 그토록 애태웠던 여자의 뻔뻔한 부탁을 무시해 버린다. 하지만 이렇게 하면 그들은 조만간 나치에게 체포될 것이다.

(2) 여자의 부탁처럼 남편만 미국으로 보내주고, 미완성이었던 그녀와의 사랑을 마저 불태운다. 하지만 이렇게 하면, 여자의 가슴속에 남아 있는 사내와 한평생 경쟁을 해야 한다. 그녀가 한없이 존경했지만 어쩔 수 없이 떠나보낸 사나이에 대한 기억. 그런 상대와 경쟁해서 과연 이길 수 있을까?

(3) 자신의 영향력을 동원하고 위험을 무릅써서 두 사람을 함께 미국으로 보내준다. 그러나 이런 짓은 자신에게 남은 모든 것을 거는 모험인데, 결국 같은 여자에게서 두 번 버림을 받는 셈이 되지 않는가 말이다.

당신이라면 어떤 결말을 선택하겠는가? 힌트를 드리겠다. 험프리 보가트라는 배우를 척 보면 알겠지만, 이 영화는 폼에 살고 폼에 죽는 한 사내가 폼 잡느라 고생하는 이야기다. 〈Casablanca〉는 1942년 영화다. 하지만 이 영화는 70년대 미국 심야영화관에서 젊은이들이 열광하던 이

이 그림은 전철 안에서 아이폰(autodesk sketchbook 앱)으로 그렸다. 참 편한 세상이다.

른바 '컬트'영화 목록에도 당당히 포함되어 있다. 험프리 보가트가 연기한 릭의 캐릭터는 지금까지도 아이콘icon으로서 숭배의 대상이다.

"그 곡을 다시 연주해줘, 샘"(Play it again, Sam), "이제 아름다운 우정이 시작될 것 같군"(I think this is the beginning of a beautiful friendship), "그럴듯한 용의자들을 체포해와!"(Round up the usual suspects), "꼬마야, 너를 바라볼 수 있다는 사실을 위해 건배"(Here's looking at you, kid), "우리에겐 언제나 파리가 있잖아요"(We'll always have Paris) 등등 이 영화의 명대사는 영화광이 아닌 사람들의 입에도 오래도록 오르내리고 있다.

이 영화가 성공한 영화적인 이유를 뭐라고 꼭 집어서 말하긴 어렵다. 실은, 이 시기에 명멸했던 수많은 비슷비슷한 딴 영화들과 구분할 만한 특징을 끄집어내기도 쉽지 않다. 뭐랄까, 여러 요인들의 묘한 화학적 반응 결과라고 말할 도리 밖에 없다. 험프리 보가트와 잉그리드 버그만의 불균형한 듯하면서도 절묘한 조화. 신파조의 사랑을 주제로 하고 있으면서도 전쟁을 배경으로 보편적인 비장미를 덧입힌 줄거리. 그러나 그 비장감이 과도해보이지 않기 딱 적당할 정도로 경쾌하게 처리한 결말. 닭살 돋는 상투성과 시

내 친구는 이메일에 이렇게 썼다. "나는 잉그리드 버그만이 매력 있다는 생각을 해 본 적이 별로 없다. 너무 선이 분명한 생김새도 별로인데다, 여자의 낮은 목소리도 싫어하는 편이다. 꿈꾸는 눈빛이 어쩌고 하는 이야기도 많이들 하지만, 난 눈빛도 분명한 게 좋다. 한 남자한테 '올인'하지 않는 여자는 피곤할 따름이고, 예쁠수록 피곤만 심해질 뿐." 버그만을 위한 변명을 덧붙이자면, 실제로 이 영화 제작 막바지 단계까지도 일자가 빅터랑 떠날지 릭이랑 남을지 각본이 결정되지 않는 바람에 그렇게 애매한 눈빛 연기가 나왔다고 한다.

대를 초월한 매력 사이를 아슬아슬하게 줄타기하는 대사. 우리 시대의 지성 움베르토 에코Umberto Eco는 이 영화를 일컬어, "상투적 표현 한두 개는 우리를 웃게 만들지만, 백 개는 우리를 감동시킨다"(Two clichés make us laugh. A hundred clichés move us.)고 말했다.

이 영화가 내 가슴에 남긴 가장 큰 앙금은, 어찌 해도 가질 수 없는 사랑 앞에서 선택을 해야 하는 사내가 처한 처지의 쓸쓸함이다. 좌로 가면 사랑을 잃고, 우로 가면 또 다른 이유로 사랑을 잃는다. 떠나보내도 사랑은 떠나고, 함께 있어도 사랑은 떠난다. 어쩔 도리 없이, 그에게 사랑은 과거형이다.

되찾을 길 없는 젊은 시절, 그 뜨겁던 옛 사랑의 아픈 기억을 지닌 채 살아갈 사람이 어찌 그 혼자뿐일까만, 실연의 쓰라림이 크다 해서 누구나 아프리카로 가서 술집을 개업해야 하는 건 아니다. 옛 사랑이 머물 제자리는 기억 속이다. 기억 속에서 뚜벅뚜벅 걸어 나온 옛 연인을 다시금 기억 속으로 돌려보내던 사내를 보며 떠오르던 생각이다.

# 사랑은 사라진 젊은 날의 추억이다

Marianne of My Youth (1955)

　도대체 언제쯤 어른이 될까, 답답해하며 기다리던 청춘 시절이 누구에게나 있다. 문득 돌아보면 그 시절은 연기처럼 가고 없지만, 그 찬란한 기억의 빛은 바래지 않는다. 빛이 바래다니! 청춘의 기억은 도리어 시간이 흐를수록 점점 더 화려한 빛깔을 덧입는다. 속절없이 지나가버린 청춘을 돌아볼 때면 떠오르는 프랑스 영화가 한 편 있다. 〈나의 청춘 마리안느〉Marianne de ma jeunesse, 줄리앙 뒤비비에Julien Duvivier 감독의 1955년 작품이다.

　프랑스 소년 뱅상Vincent(피에르 바넥Pierre Vaneck 분)은 독일의 음악학교로 전학을 온다. 동급생들은 뱅상에게 텃세를 부린다. 그러고 보면, 따돌림 당하는 전학생이 된 듯한 느낌은 모든 사춘기 소년들이 공유하는 외로움과 닮았다. 교장선생님의 딸인 리제Lise(이자벨 피아Isabelle Pia 분)가 뱅상에게 호감을 느끼고 집요하게 접근해 온다. 그러나 뱅상은 리제에게 빠져들지 않는다. 청춘기의 사랑은 쉽게 허락하지 않는 것들을 향해 꽃피는 법이 아니던가. 무릇 젊은 날의 사랑은 가져보지 못한 것에 대한 호기심이고, 가질 수 없는 것에 대한 동경이다.

학교 근처의 호수 건너편에는 낡고 음침한 고성이 있다. 뱅상은 마을에 나갔다가 검은 옷을 입은 소녀와 마주친다. 그녀는 늙은 기사騎士와 함께 검은 마차를 타고 있었다. 뱅상은 그 마차가 호수 건너의 성으로 들어갔다는 것을 알게 된다. 그는 물안개 피어오르는 호수를 지나 성으로 들어간다. 거기서 신비로운 소녀 마리안느Marianne(마리안느 홀드 Marianne Hold 분)를 만나 사랑에 빠진다. 그녀는 애절한 표정으로 뱅상에게 구원을 청한다. 자기는 늙고 흉악한 기사와 결혼을 강요당하는 불행한 처지라며 구해달라는 것이다. 이런 호소 앞에 피가 끓지 않는다면 그게 어디 청춘이랴.

그러나 뱅상 앞에 나타난 늙은 기사는 마리안느가 제정신이 아니라고 설명해 준다. 그녀는 결혼 첫날밤에 신랑이 죽는 바람에 정신적 상처를 이기지 못하고 끊임없이 첫날

밤을 재현하고 있다는 이야기였다. 뱅상은 이 말을 믿지 않는다. 기사에게 덤벼들던 그는 기사의 하인들에게 두들겨 맞고 호숫가에 내동댕이쳐진다. 그는 학교에서 도저히 믿기지 않는 이야기를 듣는다. 자신이 사랑하게 된 마리안느가 실존하는 사람일 턱이 없다는 것이다. 만일 누군가를 보았다면 그건 아마도 유령이었을 거라는 얘기다.

폭풍우 몰아치는 어느 밤, 혼란스러운 심정에 빠져 있는 뱅상에게 리제가 다가와 대담하게 애정을 표현한다. 뱅상은 그녀를 외면한다. 뜨거운 사랑을 거절당한 그녀는 증오심을 이기지 못하고 뱅상이 아끼던 사슴을 죽여 버린다. 쯧쯧. 사랑과 증오는 실상은 얼마나 가까이에 있던가. 사느냐 죽느냐며 고민하던 햄릿Hamlet도 삶을 가치 없게 만드는 대표적인 부조리를 나열하면서 '거부당한 사랑의 고통'pangs of despised love을 꼽았던 걸 떠올려 보면, 그녀에게 누가 돌을 던질 수 있겠나 싶기도 하다.

기어코 뱅상은 마리안느를 구출하기 위해 친구들과 함께 다시 고성을 찾아간다. 그러나 그가 거기서 발견하는 건 벽에 붙은, 그녀를 닮은 초상화뿐이다. 아물어도 아물지 않을 첫사랑의 상흔을 안고, 그는 떠난다. 어머니가 살고 있는 다른 나라로.

〈나의 청춘 마리안느〉에 등장하는. 물안개에 둘러싸인 고성古城은 마치 우리의 청춘 그 자체를 상징하는 것처럼 보인다. 우리는 모두 저마다 가슴속에 품고 있지 않은가. 정말로 존재했던 걸까, 라고 가끔 의심할 만큼 신비한 옛 추억을. 더 이상 돌아갈 수 없다는 의미에서, 마치 금지된 장소와도 같은 그 어떤 시공時空에 관한 기억을.

청춘은 두 얼굴을 지녔다. 〈얄개전〉이나 〈American Pie〉에 등장하는 고교생들처럼 떠들썩하고 유치하고 활기차가 하면, 안개와 숲으로 가려진 마리안느의 고성처럼 신비하고 불가해하고 유령처럼 손에 잡히지 않는 그 무엇이기도 하다. 〈나의 청춘 마리안느〉를 보고 나서, 이 영화가 직설적인 프로이드Freud식 비유처럼 느껴진다거나, 우스꽝스러운 허풍처럼 보인다면 그건 당신이 이미 어른이 되어버렸다는 뜻이다. 그러나 마리안느를 품에 안지 못한 뱅상의 안타까움이 오금 저리게 느껴지신다면, 아직 그대 안의 청춘이 그 생명력을 다한 건 아니라는 뜻으로 여기시라.

# 사랑은 생식본능이다

Romeo and Juliet (1968)

꽃은 식물의 성기<sup>性器</sup>다. 식물은 스스로 움직여 짝을 찾을 수 없기 때문에 자신의 성기를 화려하게 장식하고 드러내고 자랑한다. 바바리맨 같다고나 할까. 나도 안다. 그리 아름답지도, 적절하지도 않은 비유라는 걸. 하지만 꽃을 이런 시각으로 (게슴츠레하게) 바라보노라면, 꽃이라는 사물을 안개처럼 덮고 있던 온갖 선입견과 은유와 신화가 걷히는 것도 같다. 생물학적 진실이 오롯이 보인다는 얘기다.

어쩌면 사랑이라는 감정의 생물학적 근원도 꽃의 정체처럼 당황스러운 것일지도 모른다. 단백질 덩어리가 자기 복제 능력을 갖추는 과정에서 어떤 세포들은 고집스럽게 무성생식을 반복하는 길을 택했지만, 다른 세포들은 감수분열을 통해 유성생식을 하게 되었다. 유성생식이 자연선택에 크게 유리했으므로, 단세포 생명체가 고등동물로 진화해 가는 과정에서 암수의 구분은 보다 더 또렷해졌다.

정세포는 활동성이 큰 대신 수명이 짧다. 난세포는 많은 자양분을 비축하고 있지만 운동력은 떨어진다. 모험적인 정세포와 안정적인 난세포의 수정전략이 서로 다르므로, 수컷과 암컷의 번식전략도 당연히 다르다. 대체로 수컷은 자신의 유전자를 되도록 널리 퍼뜨리는 전략을 선호하고, 암컷은 가급적 생존가능성이 확실한 우수한 유전자를 가려서 받아들이는 전략을 선호한다고 한다.

이러한 유전자 차원의 생물학적 드라마가 인간의 삶 속에서 발현되는 것이 남녀 간의 사랑이다. 그렇다면, 사랑의 임무는 분명해 보인다. 그것은 사람이 짝을 고르는 일에 관심을 갖게 만들고, 일단 목표물이 포착되면 (최소한 번식이 가능한 기간 동안) 상대에게 집중할 수 있게끔 만들어주는 것일 터이다. 기나긴 진화 과정에서 자연선택에 의해 벼려졌으므로, 사랑이라는 감정의 힘은 강렬하다. 그런데 그만 어쩌다 사랑해서는 안 될 상대를 향해 그 감정이 발화되면 일이 복잡해진다.

종종 이런 사고가 생겨나는 이유는, 인간의 번식본능은

유구한 반면 사회제도의 역사는 짧디짧기 때문이다. 제도를 규율하는 것은 이성이고, 이 이성을 관장하는 기관은 진화 과정에서 가장 늦게 덧붙여진 대뇌의 피질이다. 본능을 좌우하는 것은 뇌의 더 깊숙한 부위(R 복합체와 변연계邊緣系)다. 더구나 청소년기는 생식기능을 관장하는 호르몬이 들끓는 나이이므로 본능의 이끌림에 취약하다. 제도가 금지하는 사랑의 열병을 앓는 남녀를 소재로 삼은 예술작품은 헤아릴 수 없이 많지만, 역시 그 대명사는 셰익스피어Shakespeare의 〈로미오와 줄리엣〉이다.

뮤지컬 〈Moulin Rouge!〉(2001)를 만들었던 바즈 루어만Baz Luhrmann 감독이 1996년 레오나도 디카프리오Leonardo DiCaprio와 클래어 데인즈Claire Danes를 기용해서 만든 〈Romeo + Juliet〉도 기념비적인 영화이긴 하다. 현대를 무대로 몬태규Montague 집안과 캐퓰렛Capulet 집안이 서로 총질을 해대는 번안본이긴 하지만, 기특하게도 이 영화는 셰익스피어의 대사를 그대로 살려두고 있다. 열대어 어항을 사이에 두고 두 선남선녀가 만나는 시퀀스는 90년대에 청소년기를 보낸 많은 이들에게 인상적으로 각인되어 있을 터이다.

그래도, 역시 〈로미오와 줄리엣〉이라면, 고전을 영화화하는 일에 일평생 매진해온 프랑코 제퓌렐리Franco Zeffirelli

올리비아 허시는 국내 팬들에게, 당시 유행하던 일본식 표기인 '올리비아 핫세'로 더 잘 알려져 있다. 〈Summertime Killer〉(1972)의 대히트 이후, 주로 일본의 영화잡지를 통해 국내에 소개되던 그녀의 홍보사진은 대부분 청바지에 부츠, 라이더자켓rider jacket에 생머리 휘날리고 단추는 2~3개 푸는 식이라, 청순한 건 맞지만 단아하다는 표현은 어쩐지 안 들어맞는 모습이었다. 내 친구 표현에 따르면, '당시의 핫세는 좀 전지현스러웠다.'

감독의 1968년 작품을 먼저 꼽게 된다. 제퓌렐리는 재능이 출중한 감독이고, 자기 재능을 적절한 방식으로 활용해 왔다. 그가 엘리자베스 테일러Elizabeth Taylor와 리처드 버튼Richard Burton을 주인공으로 영화화한 〈The Taming of the Shrew(말괄량이 길들이기)〉(1967)는 셰익스피어의 놀라운 유머감각을, 셰익스피어가 되살아나서 봤더라도 깜짝 놀랐을 만큼 유려하게 화면 위에 펼쳐 보였다. 멜 깁슨Mel Gibson 주연의 〈Hamlet〉(1990)도 괜찮았다. 하지만 피렌체 태생인 제퓌렐리에게 역시 가장 잘 어울렸던 건 이탈리아 베로나Verona를 배경으로 하는 〈Romeo and Juliet〉이 아니었나 싶다. 제퓌렐리는 로미오와 줄리엣의 극중 나이와 같은 배우들을 기용할 것을 고집했기 때문에, 당시 15살이던 올리비아 허시Olivia Hussey에게 줄리엣 역을 맡겼다.

　　로미오와 줄리엣의 이야기가 고전의 반열에 오른 것은 셰익스피어의 솜씨 덕분이기도 하지만, 이루지 못한 그들의 사랑이 보편적인 호소력을 갖기 때문이다. 두 젊은이는 왜 그렇게 죽자고 서로를 좋아했던 것일까? 사랑은 왜 인간을 그토록 고통스럽게도 만드는 것일까? 유전자가 자기 복제를 목적으로 장구한 세월에 걸쳐 프로그램해 놓은 호르몬 분비의 결과가 사랑이라는 사실을 이해하는 것이 로미오나 줄리엣에게 도움이 되었을까? 만약 알면서도 그랬다면, 이 두 젊은이는 자신들을 사랑의 열병 속에 빠뜨린 유전자에게 통렬한 복수를 감행한 셈이다. 자살을 선택함으로써 복제의 기회를 원천 봉쇄시켰으니까.

　자연이 아름답다고 말할 때, 우리는 좀 더 주의를 기울여야 마땅하다. 자연의 아름다움은 본질적으로 잔혹함으로부터 귀결된 것이기 때문이다. 동양 최고의 자연주의 사상가였던 노자도 일찍이 '하늘은 어질지 않다'(天地不仁)고 갈파하지 않았던가. 생명의 프로그램은 장기적으로는 효율적이지만, 단기적으로는 냉혹한 조건을 우연에 의지하여 극복하려는 가여운 분투奮鬪다. 저토록 아름답게 스스로를 치장하는 꽃들도 다 열매 맺지 못하고, 열매들은 다 싹 트지 못한다. 치어稚魚들은 극히 일부만 성어成魚가 되고, 알에서 깨어난 바다거북의 태반은 바다를 보기도 전에 여우와 물새와 게들의 먹이가 되며, 뜨겁던 우리의 첫사랑은 대개 이루어지지 못한다. 정말로 잔인한 건, 그래도 여전히 우리의 사랑은 눈물겹고, 꽃들은 아름답다는 점이다.

# 사랑은 미안함이다

Love Story (1970)

꽃이 진다. 화사하던 꽃송이가 윤기를 잃고 마침내 고개를 떨구는 모습은 우리를 슬프게 한다. 그러나 한철 피었다가 져버리는 존재가 아니었다면, 우리는 꽃에서 별다른 아름다움을 발견하지 못했을지도 모른다. 벚꽃이 피는 곳에 사람들이 그리도 북적대는 이유는 벚꽃이 유난히 짧게 피었다가 스러지기 때문이 아니던가.

사랑도 그러하다. 이루어진 사랑을 찬미하는 노래나 시를 보신 일이 있는가? 짧고 뜨겁게 타오르는 사랑은 우리 가슴을 저리게 만든다. 그래서 작가들은 자기 주인공을 폐병으로, 교통사고로, 또는 자살로 내몰곤 하는 거다. 음독자살의 길을 택해버리는 무대 위 로미오의 모습을 보면서 관객들은 이루지 못한 옛사랑을 추억하며 신음하는 거다.

뜨거운 사랑은 짧다. 짧아서 강렬하고, 아름다우며, 동시에 슬프다. 폴 사이먼의 명곡 〈April come she will〉은 이처럼 짧은 청춘의 사랑에 바치는 헌시다.

April come she will (4월에 그녀가 오리)

When streams are ripe and swelled with rain (봄비가 냇물을 가득 불릴 때)

May, she will stay (5월에 그녀는 머물리)

Resting in my arms again (또다시 나의 품 안에서)

June, she'll change her tune (6월에 그녀의 기분은 변하리)

In restless walks she'll prowl the night (그녀는 정처 없는 걸음으로 밤길을 헤매리)

July, she will fly (7월에 그녀는 날아가 버리리)

And give no warning to her flight (아무런 예고도 없이)

August, die she must (8월에 그녀는 세상을 떠나리)

The autumn winds blow chilly and cold (가을바람이 차갑게 불어대고)

September, I'll remember (9월에 나는 기억하리)

A love once new has now grown old (한때는 신선했으나 이제는 낡아버린 사랑을)

  짧고 강렬한 사랑을 찬미한 영화도 무수히 많지만, 대표선수는 역시 1970년 영화 〈Love Story〉라고 할 수 있겠다. 하버드 법대에 다니는 남학생 올리버Oliver(라이언 오닐Ryan O'Neal 분)는 음악학도 제니퍼Jennifer(알리 맥그로우Ali MacGraw 분)를 만난다. 둘은 사랑에 빠진다. 올리버의 부친은 둘의 결혼에 반대한다. 두 사람은 가난한 신혼살림을 시작한다. 몇 해 지나지 않아 제니퍼는 불치의 병에 걸린다. 이제 막 변호사가 되어 생활고를 벗어나게 된 순간, 올리버는 자신의 아내를 떠나보낸다.

수많은 영화들을 제치고 〈Love Story〉를 애절한 사랑영화의 대표로 선뜻 꼽을 수 있는 건, 물론 영화로서의 완성도 덕분이다. 이 영화는 속도pace가 늘어지지 않는데다가, 절제된 태도로 슬픔을 말하고 있다. 스스로 울음을 참는 이야기꾼만이 진정한 슬픔을 전달할 수 있는 법이다.

이 영화에서 가장 널리 알려진 대사는 "사랑은 미안하다는 말을 할 필요가 없는 거예요"(Love means never having to say you're sorry)다. 영화의 중반부에 제니퍼가 사랑에 대한 자신의 생각을 말하며 읊는 대사다. 또한, 그녀가 죽은 뒤 올리버가 제니퍼를 추억하며 자신의 아버지에게 반복하는 대사이기도 하다. 그런데 정말 그런가? 사랑을 하면 미안하다고 말할 필요가 없다니! 사랑은 사람을 파렴치한으로 만드는 걸까? 설마 그럴 리가.

오히려 사랑은 끊임없이, 밑도 끝도 없이 상대방에게 미안한 것이다. 나의 모자람을 감싸 주고 눈감아 주는 상대에게 한없이 고마운 것이다. 뜨겁게 사랑에 빠진 연인들에게 미안함과 고마움은 다르지 않다. 그 강렬한 고양상태 속에서는, 상대방의 존재 전체를 감싸 안고 싶고, 그럴 수 있을 만한 도량이 생기는 법이다. 혹여 상대방이 "고맙다"고 말하는 대신 "미안하다"고 말하면, 그것이 마치 나의 사랑에 대한 질책이나 모욕이라도 되는 것처럼 서운하게 느껴

눈을 소재로 한 영화는 많지만, 눈밭이 〈Love Story〉만큼 따뜻해 보였던 영화는 없었다. 두 청춘 남녀는 눈 속을 뒹군다. 마치 둘 사이의 사랑이 너무 뜨거워 못 견디겠다는 듯이. 그 위로 프란시스 레이Francis Lai의 명곡 〈Snow Frolic〉이 흐른다. 영화음악에 가사를 붙여 부르는 데 독보적인 재능을 발휘하던 가수 앤디 윌리엄즈Andy Williams는 이 영화의 주제가 〈Where do I begin〉도 크게 히트시켰다.

지는 법이다. 만일 서로에게 미안한 마음을 "고맙다"라고 표현할 수 있다면, 그건 그들의 사랑이 아직 따끈한 상태를 유지하고 있다는 증거다.

서로에 대한 사랑이 뜨거운 발효과정을 성공리에 마치고 이미 안정기에 접어든 분이라면, 〈Love Story〉의 제안을 함부로 따르지 않는 편이 신상에 이롭다. 지속적인 사랑은 물론이려니와 만수무강을 위해서도 "미안하다"는 말을 얼른 먼저 건네는 편이 낫다는 점, 부디 새겨들으시기 바란다. 그러나 "자주 미안하다고 말해야만 하는" 지경이 되었다고 해서 사랑이 끝났다고 푸념할 일은 아니다. 미안하다는 말이 듣기 싫을 만큼 뜨거운 감정적 고양상태란 영원히 지속될 수 없게끔 되어 있으니까.

때가 되면 떨어지는 꽃처럼, "미안함을 거부할 만큼 강렬한 사랑"의 유통기간은 짧기 때문에 비로소 아름답다. 꽃이 지는 걸 너무 슬퍼하지 마시라. 꽃이 지지 않는다면 열매도 없는 법이니.

# 사랑은 저세상도 하직할 수 있게 만든다

Wings of Desire (1987)

독일의 감독 빔 벤더스Wim Wenders가 만든 이 영화의 원제는 〈Der Himmel über Berlin〉, 그러니까 '베를린의 하늘'이라는 뜻이다. 벤더스는 릴케Rainer Maria Rilke의 시에서 영감을 받아 이 영화를 구상했다는데, 그런 사정을 염두에 두고 보면 아닌 게 아니라, '베를린의 하늘'이나 '욕망의 날개'(Wings of Desire)보다 〈베를린 천사의 시〉라는 우리말 제목이 더 적절하게 느껴지는 면도 있다. 이 영화의 시적인 대사는 우리에게 〈관객모독〉으로 널리 알려진 오스트리아 작가 페터 한트케Peter Handke가 썼다.

예술영화라고 지레 겁먹을 필요는 없다. 물론, 독일에서 약학과 철학을 공부하고 파리에서 그림을 그리기도 했던 빔 벤더스는 1982년 베니스 영화제 황금사자상을 수상한

⟨The State of Things⟩나, 1984년 칸 영화제 황금종려상
을 수상한 ⟨Paris, Texas⟩처럼 몹시 난해하고 지루한 영화
도 만들긴 했다. 그러나 ⟨Wings of Desire⟩는 1998년 니
콜라스 케이지Nicolas Cage와 멕 라이언Meg Ryan 주연의 ⟨City
of Angels⟩라는 할리우드 멜로물로 번안되었을 정도로 대
중적 호소력을 갖춘 작품이다. 이 영화로 벤더스는 1987년
칸 영화제 최우수 감독상을 받았다.

⟨Wings of Desire⟩의 무대는 80년대 후반의 서베를린
이다. 이 영화가 개봉한 이듬해인 1989년에 베를린 장벽이

붕괴된 사실을 떠올리면, 이 영화의 밑바닥을 관통하고 있는 것은 냉전의 끝자락에서 한 시대와 작별을 고하는 독일 특유의 사변적 예술의식이었는지도 모른다.

흡사 〈영웅본색〉의 킬러들처럼 검은색 롱코트를 걸친 두 명의 천사가 등장한다. 이들은 베를린 시내를 떠돌며 사람들의 머릿속 상념을 귀 기울여 듣는다. 태초부터 베를린에 머물고 있던 두 천사의 임무는 현실을 '조립하고, 증언하고, 보존하는' 것이란다. 영화역사상 가장 격조 높게 그려진 엿보기 취향이라고나 할까. 그런데, 이들 중 한 천사인 다미엘Damiel(브루노 간츠Bruno Ganz 분)이 서커스 곡예사인 마리온Marion(솔베이 도마르탱Solveig Dommartin 분)을 관찰하다가 그만 사랑에 빠진다. 그녀는 당연히 그를 볼 수 없고, 그는 그녀를 만질 수도, 말을 걸 수도 없다. 그는 그녀의 고독을 사랑하고, 또 안타까워한다.

이 영화에는 유쾌한 팬서비스가 덤으로 포함되어 있다. '형사 콜롬보'로 유명한 피터 포크Peter Falk가 영화배우 피터 포크 자신의 역할을 맡아 출연하는 것이다. 그가 천사 다미엘에게 말을 건다. "당신을 볼 수는 없지만 거기 있는 거 알아요"라면서. 피터 포크가 천사의 접근을 알아챌 수 있는 까닭은, 그 자신이 세상으로 내려온 전직 천사이기 때문이다. 개성 있는 배우에게 캐스팅을 통해 이만큼 멋진 찬사가 헌정된 사례는, 적어도 〈Being John Malkovich〉 이전에는 없었다고 본다. 피터 포크의 격려에 힘입어, 다미엘도 영생을 포기하고 사람이 된다.

관찰자이자 화자이던 천사가 '저세상을 등지고' 인생세간人生世間으로 내려오자, 흑백이던 영화는 돌연 컬러로 변한다. 천사는 인간이 된 뒤에 비로소 색깔, 기쁨, 고통 같은 감각을 경험하는 것이다. 이제 다미엘은 피를 흘리기도 하고, 배고픔도 느낀다. 마침내 그는 어느 술집에서 마리온을 만나 인사를 나눈다. 두 사람은 왠지 서로 오래 전부터 알던 사이처럼 느낀다.

참고로, 미국판 번안물인 〈City of Angles〉는 시시껄렁한 멜로물이니까 일부러 찾아보실 필요는 없겠다. 〈Wings of Desire〉가 이런 할리우드 영화와 확연히 구분되는 것은, 철학적 대사와 시적인 시네마토그라피cinematography, 진지한 배우들의 호연과 소리 없이 육중한 역할을 하고 있는 베를린이라는 도시 덕분이다. 이 사연 많은 도시가 조연으로 활약한 영화를 빌려다가 그 배경을 초대형 쇼핑몰 분위기 물씬한 LA로 옮긴다는 발상 자체가 무리였다. 만약 LA라는 도시에 이름을 선사한 것이 천사였다면, 그건 필경 다른 부류의 천사였을 거다. 〈Michael〉의 존 트라볼타John Travolta라든지, 〈Dogma〉에 나오는 맷 데이먼Matt Damon, 벤 애플렉Ben Affleck 같은.

〈Wings of Desire〉에 담긴 차분하면서도 푸근한 롱테이크 장면들은 거장의 면모를 느끼기에 모자람이 없다. 아니나 다를까, 벤더스는 엔드 크레딧에다 이 영화를 오즈 야스지로小津安二郎, 프랑소와 트뤼포François Truffaut, 안드레이 타르코프스키Andrey Tarkovskiy와 같은 거장 감독들에게 헌정하는 메시지를 남겨두었다. "한때 천사였던 모든 사람에게, 특히 야스지로, 프랑소와 그리고 안드레이에게"라니, 미소를 짓지 않을 수 없다. 대표작 〈Tokyo Story〉東京の物語 (1953)로 유명한 오즈 감독은 관객을 관찰자가 아닌 참가자의 시점에 두는 독특한 스타일을 구사했었다. 〈The 400 Blows〉Les Quatre Cents Coups로 감독에 데뷔하자마자 칸 영화제 감독상을 받아버린 트뤼포는 카메라를 만년필이라고 부르면서 영화를 소설처럼 써내려간 '작가주의자'였다. 1932년 러시아 태생의 타르코프스키는 7년간 음악교육을 받기도 했고, 영화감독이기 전에 시인이기도 했다. 벤더스는 아마도 그런 점들을 본받고 싶었었나 보다.

이 영화엔 성공비결이 한 가지 더 숨어 있다. 마리온 역

여자 주인공을 맡았던 솔베이 도마르탱은 프랑스 배우다. 그녀는 1961년생의 삐에-누아(Pied-Noir, 프랑스 식민지 시절 알제리에 살던 프랑스 시민)인데, 서커스 연기를 8주간 연습하여 이 영화에서 서커스 장면을 스턴트 없이 전부 직접 해 냈다. 그녀는 45세가 되던 2007년에 심장마비로 사망했다.

할을 맡은 배우 솔베이 도마르탱은 빔 벤더스 감독의 실제
연인이었다. 그녀를 향한 애틋한 감정이 어찌 화면에 묻어
나지 않을 수 있으랴! 이 영화는 '인간끼리만 주고받을 수
있는 특별한 감정'에 바치는 아름다운 찬가다. 이 영화는
말한다. 사랑을 얻을 수만 있다면, 영원한 생명을 버려도
아깝지 않다고.

# 사랑은 달빛의 농간이다
Moonstruck (1987)

프랑스 영화 〈네프 므와〉Neuf Mois를 각색한 〈Nine Months〉라는 1995년 미국영화가 있다. 휴 그란트Hugh Grant의 할리우드 데뷔작이었던 이 영화에는 로빈 윌리엄즈Robin Williams가 코세비치Kosevich라는 이름의 돌팔이 산부인과 의사로 출연한다. 주인공 내외가 출산하러 찾아간 산부인과 응급실은 지하철역처럼 붐비는 아수라장이었다. 의사 코세비치는 소리친다. "오늘 아이 받느라 너무 바빠요. 보름달이거든요."

보름달이 대체 무슨 상관이냐고? 모르시는 말씀. 보름에 출산하는 산모는 실제로도 많다. 못 믿겠거든 주변 사람들의 음력 생일을 물어보고 다녀도 좋다. (나로 말하자면, 보름 중에서도 왕보름이라고 할 수 있는 추석날 태어났다.)

왜 그럴까? 일설에 의하면, 그 이유는 인간이 다른 동물에 비해서 어둠에 상대적으로 취약하기 때문이란다. 아이와 적을 눈으로 확인할 수 있는 보름이 다가올 무렵에 출산하는 것이 생존에 더 유리했을 것이라는 추측이다. 보름 무렵에 출산을 하자면 여자의 몸이 달의 주기에 맞춰져야 한다. 그러다 보니, 여성의 월경주기는 달이 지구를 한 바퀴 도는 28일 정도와 대체로 일치하게끔 진화했다는 것이다.

달은 이태백과 방아 찧는 토끼의 놀이터일 뿐 아니라, 지구의 자전과 공전궤도를 붙들어주는 균형추이기도 하고, 바다와 여자의 몸을 부풀리기도 가라앉히기도 하는 신비한 동력원인 것이다. 지금 달은 매일 지구로부터 4센티미터씩 멀어져 30억 년 후에는 떠돌이 위성이 될 거라고 한다. 아아, 그럼 그때는 썰물도 밀물도 사라지겠지. 길잡이를 잃은 여자의 몸은 무엇에 기대어 출산을 가늠할 건가. 하긴, 30억 년 후에도 인류가 살아남으리라는 생각 자체가 터무니없는 건지도 모르지만.

이렇게 신비로운 달님이 여자의 몸에만 영향을 미칠 리는 없다. 예로부터 달은 사람의 정신을 일상이 아닌 다른 어떤 상태로 고양시킨다고 여겼다. lunatic이라는 단어는 그런 믿음을 모태로 탄생했다. 만월이 되면 변신하는 늑대

인간 이야기는 하나의 우의寓意, allegory인 셈이다. 베스트셀러였던 무라카미 하루키村上春樹의 소설『1Q84』의 한 대목을 소개한다. 주인공의 여자 친구가 하는 이야기다.

"insane은 아마 천성적으로 머리에 문제가 있는 것. 전문적인 치료를 받는 게 바람직하다는 거야. 그에 비해 lunatic은 달에 의해, 즉 luna에 의해 일시적으로 정신을 빼앗긴 것. 19세기의 영국에서는 lunatic이라고 판정받은 사람은 어떤 범죄를 저질러도 그 죄를 한 등급 감해줬어. 그 사람의 책임이라기보다 달빛에 홀렸기 때문이라는 이유로. 믿을 수 없는 일이지만 그런 법률이 실제로 존재했어. 즉 달이 인간의 정신을 어긋나게 한다는 걸 법률적으로도 인정했던 거야."

lunatic과 흡사한 표현으로 moonstruck이라는 단어가 있다. 이 단어는 "(1) 미친, 발광한 (점성학에서 미치는 것은 달의 영향 때문이라고 함) (2) 감상적 공상에 빠진, 멍한"이라고 사전에 정의되어 있다. 이 단어는 노련한 대가 노먼 주이슨Norman Jewison이 감독한 1987년 영화 제목이기도 하다. 〈Moonstruck〉은 1988년 아카데미 시상식에서 가수 겸 배우 셰어Cher에게 여우주연상을 안겨주기도 했다.

뉴욕 브루클린 근처의 이탈리아 계 미국인들의 거주지가 무대다. 로레타Loretta(셰어 분)는 이 동네에서 회계사 노릇을 하는 서른일곱 살의 노처녀다. 그녀의 오랜 남자친구 조니Johnny(대니 아옐로Danny Aiello 분)는 마침내 그녀에게 청

가수 겸 배우이자 토크쇼 사회자로도 인기를 누렸던 셰어는 아카데미 주연상, 칸 최우수여우상, 골든글로브Golden Globe상, 에미Emmy상, 그래미Grammy상을 다 받아 챙긴 유일한 연예인이다. 그녀는 60년대 이래 지금까지 '매 십년대마다 빌보드 1위곡을 기록한' 유일한 가수이기도 하다. 이 기록이 가지는 의미는 히트곡이 많다는 게 아니라 전성기가 오래 간다는 거다. 그녀는 2011년 현재도 라스베가스에서 3년째 장기 공연 중이다. 예의 그 야한 의상을 입은 채, 만 65세의 할머니가 거의 매일 무대 위를 뛰어다니며 한 시간 반짜리 공연을 소화하는 거다. 그 왕성한 원기는 어디서 나오는 걸까. 부모로부터 물려받은 체로키 족의 야성적인 피 덕인가? 최근 히트곡의 제목 "아직 나는 끝을 못 봤어요"(You Haven't Seen the Last of Me)는 그녀의 일생과 더없이 잘 어울린다.

혼을 하고, 그녀는 기꺼이 수락한다. 하지만 그녀의 어머니는 — 이탈리아 여성답게도 — 만일 상대방을 미치도록 사랑하는 게 아니라면 결혼은 하는 게 아니라고 충고한다. 조니는 결혼 준비를 위해 이탈리아로 떠나면서, 로레타에게 한 가지 부탁을 한다. 좋지 않은 일로 의절하다시피 한 지기 동생 로니Ronny(니콜라스 케이지Nicolas Cage 분)를 결혼식에 참석하도록 설득해 달라고. 그런데 로니를 찾아간 로레타는 그를 설득하다가 그만 그에게 반해 동침을 하고 만다. 뭐가 어떻게 된 건지 모른다. 하늘에 보름달이 휘영청 걸려 있었다는 것 말고는. 다음날 아침, 로레타는 어젯밤을 없었던 일로 하자고 한다. 며칠 후, 다시 그녀를 찾아온 로니는 그녀를 오페라 공연에 초대한다. 만일 그녀가 응해 준다면 그 다음날로 조용히 떠나주겠다며.

　그녀의 마음과 그녀의 의지가 서로 싸운다. 결국 로레타는 오페라 극장에 나타난다. 그냥 나타나는 게 아니다. 머리를 염색하고, 멋진 드레스를 입고서. 셰어가 사랑의 열병에 빠져 설레는 여인을 멋지게 연기하는 대목이다. 이 표정과 몸짓 연기만으로도 그녀는 여우주연상 감이었다. 그녀는 극장에 나타나지 말았어야 옳았다. 그녀도 그걸 알았다. 그런데 왜 거기 왔을까? 글쎄. 그날도 하늘에는 보름달이 부푼 자태를 뽐내고 있었거든.

# 사랑은 멜로드라마다

Everybody's All-American (1988)

누군가가 어떤 이야기를 가리켜 '연속극 같다'고 말하면, 그건 진부하고 통속적이라는 뜻이다. 반갑지 않은 사실을 한 가지 알려드리자면… 진부하고 통속적이고 감상적인 것, 그게 바로 우리 인생이다. 캘리포니아 출신인 테일러 헥포드Taylor Hackford는 최고의 멜로드라마가 최고의 드라마라는 점을 간파하고 있는 감독이다. 1982년 〈An Officer and a Gentleman〉으로, 1984년 〈Against All Odds〉로 대박을 터뜨렸던 헥포드가 1988년 감독한 〈Everybody's All-American〉이라는 영화가 있다.

데니스 퀘이드Dennis Quaid와 제시카 랭Jessica Lange이 각자 생애 최고의(퀘이드의 경우는 확실히, 랭의 경우는 거의) 호연을 펼쳐보였던 영화였는데, 안타깝게도 대단한 흥행기

록을 세우진 못했다. 국내에서는 〈사랑과 정열〉이라는 밋밋한 제목으로 출시되는 바람에 더더욱 주목받지 못했다. 이덕화가 광고하던 건강음료 카피 같은 이 게으른 제목은 영화가 가진 빛나는 장점을 덮어버렸다.

영화는 대략 25년의 기간 동안 세 남녀의 삶의 궤적을 그린다. 1956년, 개빈 그레이Gavin Grey(데니스 퀘이드 분)는 루이지애나Louisiana 대학 미식축구 팀의 최고 선수다. 한 번 달리면 어느 수비수도 그를 붙잡지 못하기 때문에, 그의 별명은 회색 유령Grey Ghost이다. 그가 나타나면 모든 사람이 "고스트!"를 연호한다.

뱁스 로저스Babs Rogers(제시카 랭 분)는 루이지애나 미인대회 우승자인 "목련꽃 여왕"이고, 개빈의 애인이다. 둘은 뜨겁게 사랑한다. 그녀에게 전공이 뭐냐고 묻자 그녀는 대답한다. "오, 제 전공은 개빈과 저예요." 그들 곁에는 개빈의 조카(티모시 허튼Timothy Hutton 분)가 있다. 그는 언제나 '케익'Cake이라는 애칭으로 불린다. 문약하고 소심한 케익이 동년배 삼촌의 애인인 뱁스를 바라보는 눈길은 언제나 말 못할 연정으로 가득 차 있다.

개빈과 뱁스는 지역주민의 축복 속에 결혼한다. 하지만

프로 선수가 된 개빈의 삶은 결코 녹록치 않다. 가는 곳마다 여신처럼 받들어지던 뱁스는 이제 그저 선수의 아내일 뿐이다. 분위기는 많이 다르지만, 영국의 막장 TV 드라마 〈Footballer's Wives〉를 본 적이 있는 사람이라면 쉽사리 상상이 갈지도 모르겠다. 프로선수 치고 왕년의 스타가 아니었던 사람이 어디 있나. 프로축구선수 아내 치고 왕년에 동네 최고 미인이 아니던 사람이 어디 있는가 말이다.

개빈은 자기 재산 관리를 친구 로렌스Lawrence(존 굿먼John Goodman 분)에게 맡겨두고 있었다. 로렌스는 대학시절 풋볼 팀 단짝이었는데, 술집을 운영하면서 도박에 손을 대고 있었다. 결국 로렌스가 빚쟁이에게 살해당하면서, 개빈도 전 재산을 차압당하는 신세가 된다. 이제 개빈은 그토록 경멸하던 광고에 출연해야 하고, 온실 속의 꽃처럼 살아오던 뱁스는 생활전선에 뛰어들어야 한다. 그들을 드문드문 방문하던 케익에게, 어느 날 뱁스는 처음으로 개빈과의 결혼생활에 대한 환멸을 고백한다. 그날 밤 케익과 뱁스는 처음이자 마지막으로, 그들에게 허락된 선을 넘는다.

세월은 다시 흘러 80년대 어느 날. 대학교수가 된 케익은 약혼녀와 함께 그레이 부부를 방문한다. 뱁스는 가사를 이끄는 유능한 부동산 중개인이다. 강인한 남성미를 자

랑하던 개빈은 이제 나온 뱃
살을 쓰다듬으며 주책맞게
대학시절의 시합을 끝도
없이 읊어대는 중년이다.
그는 아내가 업무상 만나
는 남자들과 외도할까봐 전
전긍긍하는 처량한 신세다. 그
를 위로하느라 말을 잘못 꺼낸
케익은, 자신과 뱁스 사이에 뭔
가가 있었다는 사실을 그만 들

고민을 해봤지만 이 영화의 제목 〈Everybody's All-American〉은
우리말로 번역할 수 없었다. '만인의 국가대표' 정도로 직역할 수도
있겠지만, 그렇게 번역한다면 우스꽝스러울 것이다.

키고 만다. 착잡한 심정의 세 사람은 졸업 25주년 동창회
행사에 간다. 영사기가 돌아간다. 화면 속에서 왕년의 고
스트가 질주한다. 동창들은 다시 한 번 '고스트'를 연호한
다. 그런 그를 뱁스가 바라보며 눈물 흘린다. 그 눈물은 청
춘시절처럼 동경 가득한 열애의 징표는 아니지만, 세월과
더불어 더 강인해진 사랑을 증명한다. 스타 커플은 옛날처
럼 입 맞춘다. 먼발치에서 씁쓸히 바라보던 케익은 마음이
놓인다는 듯, 미소 짓는다.

　젊은 시절 액션물과 멜로물을 넘나들며 주역을 맡다가
나이 들면서 역할을 좀처럼 따내지 못하는 데니스 퀘이드
의 처지가, 그가 열연하는 개빈 그레이의 이미지와 겹쳐

서 영화의 호소력을 한층 더 높여주었다. 이를테면 미키 루크Mickey Rourke에게 〈The Wrestler〉가 있다면 퀘이드에겐 〈Everybody's All American〉이 있겠다는, 그런 느낌이랄까?

　얄궂게도, 이제는 민첩해서가 아니라 우울하게 무시당하기 때문에 회색 유령이라는 예전의 별명이 어울리게끔 시들어버린 왕년의 영웅. 세월이 흘러도 학창시절의 첫사랑을 잊지 못하는 소심한 남자. 그리고 너무 늦게 철이 들어버린 여자. 이들의 삶을 엿보자면 서글프고 안쓰럽다. 주인공들의 처지가 불쌍한 게 아니다. 세월의 잔인함 앞에 누구도 자유로울 수 없다는 사실이 서글픈 거다. 남달리 화사한 청춘을 보낸 관객이라면 이 영화에 더 깊이 공감할 수 있겠다는 생각도 들지만, 세월은 누구에게나 골고루 엄격하고, 그렇기 때문에 잔인한 법이다. 이 잔인함을 견뎌낼 수 있는 힘이 사랑이다. 맘먹기에 따라서는, 몸이 늙어 감에도 불구하고 시들지 않게 지켜낼 수도 있는 사랑. 화려한 빛이 바래도 여전히 아름다울 수 있는 사랑. 연속극처럼 진부하더라도 다큐멘터리처럼 진실할 수 있는 사랑.

# 사랑은 나를 변화시킨다

As Good As It Gets (1997)

잭 니콜슨<sub>Jack Nicholson</sub>은 비열하고 건방지고 무례하다. (물론 배우로서 그의 이미지가 그렇다는 말이다.) 그런데도 그는 오랜 세월동안 섹시한 남자 배우로 군림해 왔다. 요새 유행하는 '나쁜 남자'의 전형이랄까. 전성기에는 〈Easy Rider〉나 〈The Postman Always Rings Twice〉 등의 영화에서 자신의 섹시함을 한껏 과시했고 50세가 되던 해에도 〈The Witches of Eastwick〉에 악마로 등장해서 젊은 세 미녀를 농락하는 역할을 능글맞게 해냈다. 그의 개성을 하나씩 분해하는 건 불가능하지만, 그가 '비열하고 무례하기 때문에' 섹시해 보이는 건 아닐 것이다. 무례함에도 '불구하고' 그를 섹시하게 만들어주었던 것은, 그만이 누릴 줄 아는 것처럼 보이는 여유로움이 아니었을까.

〈One Flew Over the Cuckoo's Nest〉에서 그가 맡았던 역할처럼, 잭 니콜슨에게는 선천적으로 무리에 속하지 않는 것 같은 여유만만한 태도가 잘 어울린다. 그런 자신만만함의 근거는 그의 거대한 자아ego인 듯하다. 비록 '사이즈size는 문제되지 않는다'고들 하지만, 그 정도로 거대한 자아는 어쩔 수 없이 색다른 매력을 내뿜기 마련 아니겠는가. 하지만 세월 앞에 장사가 있으랴. 자신만의 독특한 매력으로 스크린을 장악하던 잭 니콜슨도 환갑이 되면서부터는 스스로의 추한 면모를 통제하기가 어려워진 것처럼 보인다.

최근작인 〈The Departed〉에서 건달 두목으로 출연한 니콜슨은 거의 연기를 하지 않고 자신의 있는 그대로를 드러내는 것 같았다. 비록 연로했지만 엄청난 카리스마를 지니고 하급장교를 향해 "너는 진실을 다룰 자격이 없어!" (You can't handle the truth)라고 사자후를 토하던 〈A Few Good Men〉에서의 모습조차 간 곳이 없어졌다. 그의 출연작을 살펴보면, 37년생인 그가 흐르는 세월을 달관하기로 결심한 시점은 환갑을 맞던 1997년 무렵이 아니었을까, 근거 없는 짐작을 해 본다.

그 해에 그는 〈As Good as It Gets〉에서 심한 강박증에 시달리는 소설가 멜빈Melvin 역을 맡았다. 이 영화에서 그는 마치 작심한 듯, 모든 가식적 매력을 벗어던진다. 주인공 멜빈은 영화나 실생활에서 마주치게 될까 두려운, 비열하고 오만하고 무례하고 공격적인 노친네다. 이런 인물이 사랑에 빠지는 것이다! 이 영화로 그는 〈One Flew Over the Cuckoo's Nest〉(1976)에 이어 두 번째로 아카데미 남우주연상을 거머쥐었다. 그로서는 22년만의 성취였다.

멜빈은 성공한 소설가지만 성격이 괴팍해서 친구도 없는데다 강박증으로 정신과 치료까지 받고 있는 고령의 독신남이다. (스릴러의 악당으로는 이상적이지만 로맨틱 코미디 주인공으로는 이상한 설정이다.) 그는 매일 같은 레스토랑의 같은 자리에 앉아, 같은 웨이트리스의 시중을 받아야만 한다. 본의 아니게 그의 '담당 웨이트리스'가 되어버린 캐롤Carol(헬렌 헌트Helen Hunt 분) 입장에서는 아무리 단골이라도 성마르고 신경질적인 그가 반가운 손님일 수는 없다.

멜빈은 집에서 글을 쓰는데, 그의 이웃인 사이먼Simon(그렉 키니어Greg Kinnear 분)은 그가 지독히도 경멸하는 동성애자인데다가 그가 지독히 싫어하는 개를 키우는 사람이다. 어느 날, 사이먼은 강도를 당해 죽도록 두들겨 맞는다. 의료보험이 없는 사이먼은 파산 상태가 되어 간호사나 가정부를 고용할 수도 없고 아파트도 내놔야 하는 처지가 된다. 멜빈의 출판 에이전트인 프랭크Frank(쿠바 구딩 주니어 Cuba Gooding Jr. 분)는 이웃으로서 사이먼을 좀 도와주지 그러냐고 멜빈에게 권한다. 사이먼도 애처로운 표정으로 멜빈의 도움을 청한다. 멜빈은 사이먼을 여전히 싫어하지만 그의 개와는 점점 정이 들어간다. 멜빈의 입장에서 보자면, 생활의 질서가 갑자기 흐트러진 셈이다.

게다가, 레스토랑에 찾아간 멜빈은 캐롤이 일하러 나오지 않은 걸 알게 된다. 미혼모인 캐롤은 아들의 천식발작을 간호해야 했던 것이다. 멜빈은 자신의 강박증 치료를 위해서는 정해진 웨이트리스의 서비스를 받아야 한다는 억지스런 핑계로 캐롤의 아들 치료비를 부담한다. 혼란스러움을 느끼는 캐롤은 그가 고맙기도 하지만 의심스럽기도 하다. 어느 날 비에 흠뻑 젖은 채 다짜고짜 멜빈을 찾아온 그녀는 "그런다고 당신과 결코 같이 자진 않을 거다"고 소리친다. 이제야 둘 사이의 진정한 인간관계가 시작되는 것이다.

남에게 험담만 일삼던 멜빈은 그동안 내심 좋아하던 캐롤에게도 크고 작은 상처를 입히는 말을 많이 했다. 그러던 그가 어느 날 그녀에게 바치고 싶은 찬사가 있다고 말한다. 캐롤은 "난 당신이 또 뭔가 이상한 소리를 할까봐 겁부터 나요"라고 대답한다. 멜빈은 뜬금없이 의사가 자기에게

"당신은 나로 하여금 더 나은 사람이 되고 싶게 만들어요."라는 잭 니콜슨의 고백이 우리 심금을 울리는 이유는, 더 나빠질 수 없는 사람에게서 나온 말이기 때문일지도 모른다. 이런 대사를 꽃미남 배우가 읊었다면 닳고 닳은 작업성 멘트처럼 들렸을지도 모르겠다.

강박증 치료를 위한 약을 강권하고 있다는 이야기며, 그 약의 치료효과에 관한 의사의 견해며, 또 자기가 얼마나 약을 먹기 싫어하는 지를 두서없이 길게 늘어놓는다. 그녀는 어리둥절한 표정을 짓는다.

> 멜빈 : 내 말은, 당신이 나를 찾아왔고, 그 다음날 아침부터 내가 약을 먹기 시작했다는 거요.
> 캐롤 : 그런 얘기가 어째서 저에 대한 찬사가 되는지 잘 모르겠는데요.
> 멜빈 : 당신은 나로 하여금 더 나은 사람이 되고 싶게 만들어요.(You make me want to be a better man.)

You make me want to be a better man! 그동안 애간장을 녹일 듯한 수많은 로맨스 영화를 봤지만 이보다 더 깊이 심금을 울리는 사랑 고백을 들어본 일이 나는 없다. 영어에서 Man이라는 단어는 남자라는 뜻도 되고 사람이라는 뜻도 된다. 그래서 이 문장은 "당신 때문에 더 나은 남자가 되고 싶다"와 동시에 "더 나은 인간이 되고 싶다"는 중의적인 뜻을 가진다. 가령, You make me want to be a better male 이라든지, a better person이라고 둘 중 어느 한 쪽만을 의미하는 단어를 썼다면 감동은 없었으리라.

사랑에 빠진 남자의 가슴속에서 '그녀를 위해 더 나은 배필이 되어주고 싶다'는 욕망은, '그녀가 자랑할 수 있도록 더 훌륭한 인간이 되어 보이고 싶다'는 욕망과 겹친다. 사랑이 우리를 고양시키는 이유, 사랑을 하는 동안 인간이 고상하게 변하는 비밀이 바로 거기에 있다. 당신 주변의 누군가를 변화시키고 싶다면, 당신이 그를 진심으로 사랑하고 있음을 알게 하라. 부모와 자식 간에도 마찬가지다.

 사랑은 사람을 변하게 만든다. 이 점을 보여주려고 〈As Good As It Gets〉는 정신적으로나 육체적으로나 비루한 처지에 빠진 사람들을 주인공으로 삼았을 터이다. 환갑에 접어든 잭 니콜슨은 그 역할에 멋지게 부응했고, 더없이 잘 어울렸다.

# 사랑은 변한다

봄날은 간다 (2001)

사랑은 시간을 잊게 만들고,
시간은 사랑을 잊게 만든다. (프랑스 속담)

좋은 영화에도 결점은 있다. 뒤집어 말하면, 흠이 없다는 점이 반드시 걸작이 되는 충분 조건은 아니라는 뜻도 되겠다. 설사 그렇더라도, 흠 잡을 데 없는 영화는 그리 많지 않다. 허진호 감독의 〈봄날은 간다〉는 보기 드물게 흠잡을 데를 찾기 어려운 영화다.

치매에 걸린 할머니와 아버지, 고모와 함께 사는 청년 상우(유지태 분)의 직업은 세상의 여러 가지 소리를 녹음하는 이른바 '사운드 엔지니어'sound engineer다. 상우가 모시고 사는 할머니는 날마다 마루에 앉아 밖을 내다보며, 이미 오래전 돌아가신 할아버지를 마중하러 역에 가야겠다고 넋두리를 하신다. 강릉방송국의 라디오 프로듀서인 은수(이영애 분)는 겨울을 맞아 자연의 소리를 채집해서 틀어주는 프로그램을 준비한다. 업무상 처음으로 만난 상우와 은수는 강원도 이곳저곳을 다니며 자연의 소리를 녹음한다. 둘은 자연스레 서로에게 호감을 품는다. 숙맥인 총각 상우에게, 은수는 결혼은 이미 한 번 해봤다고 아무렇지 않게 말한다. 방송국 복도의 소파에 앉아, 그녀는 뜬금없이 묻는다. "소화기 사용법을 알아요?"

녹음 작업이 끝나고 그들이 헤어지게 되는 날, 은수는 심드렁하게 묻는다. "라면 먹고 갈래요?" 자기 집에서 라면을 끓여주며, 그녀는 마치 껌이나 하나 씹겠냐는 듯한 말투로 다시 묻는다. "자고 갈래요?" 이렇게 해서 청년은 여자와 사랑에 빠진다. 그러나 계절이 바뀌면서 은수는 점점 더 심드렁해진다. 은수에게 상우는 자기 부모님께 인사를 시키고 싶다고 말한다. 은수의 태도는 더 차가와진다. 상우는 따져 묻는다. "사랑이 어떻게 변하니?" 돌연 상우를 찾아와 하룻밤을 함께 지낸 은수는 다시 그에게 한 달간 헤어져 있자고 말한다. 사랑싸움에서 지기 싫은 상우는 이번에는 자기가 먼저 차라리 헤어지자는 말을 내뱉는다.

그러나 은수를 잊지 못하는 상우는 서울과 강릉을 오가며 그녀의 주변을 맴돈다. 그녀의 곁에는 새로운 남자가 있다. 은수는 그 남자에게도 묻는다. "소화기 사용법을 아세

059

요?" 사랑의 열병을 앓는 많은 남자들이 그러듯, 이제 상우는 스토커처럼 온갖 못난 모습을 연출한다. 그녀의 차에다 열쇠로 길게 흠집을 남기기도 한다. 그는 잊혀질까봐 괴롭고, 애당초 그녀에게 잊혀질 만한 의미조차 없었을까봐 더괴롭다. 그 두 가지는 별반 다르지 않으므로 그의 눈물은 편집증이다. 모처럼 제정신을 찾은 듯한 할머니께서 상우에게 타이른다. "떠나간 버스랑 여자는 잡지 않는 거야."

또 계절이 바뀐다. 상우는 여전히 괴로워한다. 이제 그는 잊으려 애쓰고, 잊을까봐 몸부림친다. 그 두 가지의 차이는 크므로 그의 괴로움은 분열증이다. 그러나 천천히, 그는 자신의 열병을 이겨낸다. 시간은 그토록 잔인한 것이다. 할아버지를 만나야 한다며 한복을 곱게 차려입고 집을 나간 할머니가 돌아가신다. 그의 아픔을 어루만져주던 할머니의 영정을 들고, 상우는 장례버스에 앉아 우두커니 밖을 내다본다. 잔인한 시간이 다시 흐른다.

상우와 은수가 길에서 우연히 만난다. 은수는 반색을 하고, 상우는 난처한 미소를 짓는다. 둘은 어색한 인사를 나눈다. 은수가 상우에게 다시 만나자고 한다. 상우는 그녀의 제안을 거절한다. 이제 그의 안색에 열병의 흔적은 없다. 마지막 씬, 갈대밭에서 눈을 감고 바람의 소리를 녹음하며 상우는 참 편안한 미소를 짓는다.

  긴 여름이 오고 간다는 것은, 지구의 다른 편 내가 모르
는 어딘가에도 봄날이 가고, 또 온다는 뜻이겠다. 어디선
가 누군가는 다른 누군가를 기억하기 마련이지만, 지나간
한 철의 사랑은 누구나 잊는다. 미안하지만, 사랑은 변하
는 것이기 때문이다. 사랑의 봄날을 일생 동안 딱 한 번만
맞는 사람이 제일 행복한 사람이 아닐까? 다시 찾아온다고
해도, 떠나지 않고 머무는 봄날은 없을 테니까.

유지태가 편안한 표정으로 바람 소리를 녹음하는 마지막 장면이 참 좋다. 사랑은 모든 걸 이긴다고들 말하지만, 우리는 사랑도 이겨내는 거다. 자신과의 고된 싸움을 마치고 제자리로 조용히 돌아온 청년을 위해 갈채를.

# 사랑은 망각과의 싸움이다

Iris (2001)

누군가를 사랑하는 사람에게 가장 큰 형벌은 사랑하는 사람으로부터 완전히 잊혀지는 것이다. 영화 〈Iris〉는 알츠하이머병으로 투병하다 1999년 80세의 일기로 사망한 아이리스 머독Iris Murdoch의 실화를 바탕으로 만들어졌다.

아일랜드 태생인 머독은 옥스포드와 케임브리지에서 철학을 공부하고 영국에서 작가이자 철학자로 활동했다. 영화 속에서 케이트 윈슬렛Kate Winslet이 연기하는 젊은 시절의 머독은 옥스포드에서 존 베일리John Bayley를 만나 결혼한다. 1956년의 일이다. 그녀는 지적인데다 사교적이고 활달하면서 성적으로도 자유분방하다. 그러나 베일리는 신사이지만 서툴고 소심하고 외모도 그저 그런 책상물림이다. 케이트 윈슬렛은 어찌 보면 예쁘고, 어찌 보면 촌스럽다. 그녀는 꾸밈없는 활력을 지닌 자연미인의 역할에 잘 어울린다. 이 영화에서 윈슬렛은 악의 없이 남편의 속을 태우는 똑똑한 미인의 모습을 잘 그려냈다. 그 둘의 사랑에는 어딘가 지배와 복종의 그림자가 어른거린다. 그녀의 사랑은 시혜적인 사랑이고, 그의 사랑은 헌신하는 사랑이다. 저 남자 참 속도 좋다 싶었다.

그들의 이런 관계는 머독이 사망하기 직전에 역전된다. 1995년, 40년을 해로한 끝에 머독이 알츠하이머 병에 걸리는 것이다. 노년의 머독은 쥬디 덴치Judi Dench가 연기한다. 영미인들은 쥬디 덴치를 부를 때 '여사'Dame라는 칭호를 붙인다. 그녀는 그 칭호에 걸맞는 대배우이고, 이 영화에서도 인상적인 연기를 펼친다. 처음 알츠하이머 증세가 시작되었을 때 머독은 작가로서의 스트레스writer's block때문일 거라고 생각한다. 그러나 날이 갈수록 그녀는 점점 더 많은 단어의 뜻을 잊어버리고, 가까운 사람을 기억하지 못한다. 치료차 찾아간 서포크Suffolk의 바닷가에서 그녀는 마음의 안정을 찾지만 증세를 호전시킬 길은 없다.

베일리는 자기보다 카리스마도 있고 유명인이기도 한 아내를 긴 세월 동안 숭배하듯이 도우며 지내왔다. 머독이 아무것도 기억하지 못하고 딴소리를 해대면서 유난히 어렵게 구는 어느 날 밤, 그는 처음으로 그녀를 원망하며 눈물 흘린다. 가슴 저린 장면이었다. 이제 그의 사랑은 누구로부터, 무엇으로 보답 받는단 말인가! 노년의 베일리 역할을 맡았던 짐 브로드벤트Jim Broadbent는 이 역할로 아카데미 남우조연상을 수상했다. 아깝지 않은 수상이었다.

사랑은 잊지 않고, 잊히지 않는 것이다. 그가 나를 잊고 있을까봐, 이미 잊었을까봐 괴로워본 적이 있으신지. 인기와 인지도를 먹고 산다는 연예인과 정치인들도 자기 팬과 지지자들이 자기를 잊을까봐 전전긍긍한다고 들었다. 그러나 '사랑은 기억하는 것'이라고 말할 때의 기억은 그런 것과는 다르다. 진정한 사랑은 영원히 떠받들어지거나 숭배의 대상이 되려는 욕심과 다르다. 사랑이란, 상대방이 나의 사랑을 이해하고 기억해주기만 한다면 참으로 많은 것을 참고 견딜 수 있게 해 주는 힘이다.

'기억한다'는 동사의 속성은 잔혹하다. 그것의 목적어 자리에 놓이는 순간, 무슨 일이든 과거의 것이 되어버리기 때문이다. 현재형으로 써도 그렇고, 장래의 일에 관해 쓰더라도 마찬가지다. 이 동사는 자기와 맞닿는 모든 목적어를 과거로 산화酸化시켜 떠내려 보낸다. 추억의 모래톱으로. 다시 서서히, 그러나 결국은 망각의 대해로. 그러므로 사랑이 기억되기를 바라는 욕심은 실은 아주 작고 초라한 욕심일 뿐이다. 하지만 베일리 씨의 눈물이 보여주듯, 기억조차 되지 못할 때의 고통은 결코 단순하지도 사소하지도 않다. 사랑하는 일도, 사랑받는 일도, 따지고 보면 모두 망각과 벌이는 힘겨운 싸움의 과정인지도 모른다. 어렸을 때는 미처 몰랐는데, 나이를 먹어가다 보니 '망각'과 '투쟁'이라는 두 단어가 서로 썩 잘 어울린다는 사실을 깨달았다. 그러니 벗이여, 나를 사랑한다면 나를 기억한다고 말하진 말아다오.

# 사랑은 살아 있다는 확인이다

Monster's Ball (2001)

중세시대 영국에서는 사형을 기다리는 수형자를 '괴물' monsters이라고 불렀다. 사형 집행 전날, 사형수들은 날이 밝으면 처형될 동료를 위한 송별회로 '괴물들의 잔치'monster's ball를 벌여주었다고 한다. 영화 〈Monster's Ball〉은 미국 루이지애나Louisiana의 형무소에 간수로 근무하는 사나이와 그곳에서 복역 중인 사형수를 남편으로 둔 여인의 이야기다. 2002년 이 영화로 할리 베리Halle Berry는 흑인 여성으로는 최초로 아카데미 여우주연상을 수상했다.

행크Hank(빌리 밥 쏜튼Billy Bob Thornton 분)는 죄수를 능숙하게 다루는 간수다. 그의 아들 쏘니Sonny(히스 레저Heath Ledger 분)도 같은 형무소의 간수로 근무한다. 행크는 다른 이들에게는 자상하건만, 유독 죽은 아내를 닮은 아들 쏘니는 차갑게 대한다. 아버지에게 인정받고 싶어 하던 쏘니는 행크와 심하게 다툰 뒤 권총으로 자살한다. 여담이지만, 꽃미남 이미지를 뛰어넘는 배우라는 걸 인정받고 싶어 안간힘을 쓰던 히스 레저의 불행한 죽음을 생각할 때마다, 나는 이 영화 속 쏘니의 죽음이 떠오르곤 한다. 한편, 레티샤 Leticia(할리 베리 분)는 과식 습관을 가진 과체중 아들을 둔 흑인 여성이다. 그녀의 남편은 행크가 근무하는 형무소에 사형수로 복역하다 결국 사형을 당하는데, 사형을 집행한 사람은 행크였다.

아들의 죽음 이후 평생 근무하던 형무소를 그만두고 간수복을 불에 태운 뒤에도 자책감으로 괴로워하던 행크는, 삶의 의지를 잃고 절망의 늪에 빠진 레티샤를 우연히 만난다. 폭우 속에서 레티샤의 아들이 교통사고를 당하는데, 우연히 그 옆을 지나던 행크가 이들을 병원에 데려다 준 것이다. 그날 밤 레티샤는 결국 아들마저 잃는다. 슬픔 속에서 술에 취해 몸을 가누지 못하는 레티샤를 행크는 자기 집으로 데려간다. 격렬한 슬픔 속에서, 두 남녀는 몸을 섞는다. 이들은 분명 무엇인가를 나누는데, 그걸 사랑이라고 부르기에는 너무나 처절하다. 그러나, 한편으로는 그들이 한 몸이 되어 보듬어 안는 격한 슬픔은 무모한 격정과 닮아 보이기도 한다.

술에 취해 섹스를 나누며, "나 좋고 싶어, 나를 좋게 해줘요"(I wanna feel good. Make me feel good.)라고 절규하는 할리 베리의 대사는, 신기하게도, 홍상수 감독의 〈극장전〉에서 두 남녀 주인공이 사랑을 나눌 때 엄지원이 내뱉던 대사와 정확히 일치한다. 이들 주인공들에게, 몸으로 나누는 쾌락은 살아 있음을 확인하는 마지막 수단인 것처럼 보인다. 이들의 성행위 장면은 가식적인 안무나 기교적인 촬영으로 미화되어 있지 않다. 그것은 흡사 가엾은 두 마리 짐승의 몸부림 같다.

이건 역설이다. 혹시 아시는가? 즐거움만을 목적으로 성행위에 몰입하는 동물은 지구상의 수많은 생물 종들 중 인간이 거의 유일한 존재라는 사실을? 이 점을 신기하게 여긴 인류학자 재러드 다이아몬드Jared Diamond는 인간만이 유독 그렇게 진화한 경로를 연구했다. 그 책의 제목은 『왜 섹스는 즐거운가?』Why is Sex Fun?다. 다이아몬드의 설명을 거칠게 요약하자면, 인간의 경우 여성은 (다른 포유류와는 달리) 자신의 배란기를 널리 알리지 않는 방식의 짝짓기 전략을 추구하도록 진화한 것으로 보인다고 한다. 그로써 여성들은 상대방 남성에게 자녀양육에 대한 보다 큰 투자를 유도할 수 있게 되었다. 가임기간을 모르면서도 번식이 가능하자면 불가불 '번식기'가 따로 존재할 수 없다. 섹스가 고

<Monster's Ball>은 미국에서 흑인 여자로 살아가는 것이 어떤 일인지를 생각해 보게 해 준다. 이 영화로 할리 베리는 흑인 여성 최초로 아카데미 여우주연상을 수상했다. 그녀가 상을 받으며 진심으로 감격하던 모습은 영화 속에서의 역할보다 더 드라마틱했다. 'Oh, my God'을 연발하면서 비틀거리며 계단을 올라와 간신히 울음을 그친 그녀가 말했다. "이 상은 이름도 얼굴도 없이 지냈던 모든 유색인종 여성을 위한 거에요. 오늘 밤 문이 열렸기 때문에 앞으로 기회를 갖게 될 사람들 말이죠."

되기만 한 작업이라면 그것이 수시로 이루어질 턱이 없으므로, 유독 인간은 섹스에서 쾌락을 느끼게끔 진화하기에 이르렀다는 것이다.

그러니, 욕정에 불타는 짐승처럼 보이던 행크와 레티샤의 동침은, 실은 이들이 인간임을 가장 선명하게 드러내는 행위였던 셈이다. 하지만 이 둘의 서로에 대한 탐닉이 여기서 끝났다면, 그건 진화생물학적으로 몹시 인간다운(?) 그 어떤 짓거리일 수는 있겠으되 사랑이라고 할 수는 없었을 터이다. 행크는 레티샤 덕분에 인종적 편견을 극복할 뿐 아니라, 그에게 세상에 대한 미움을 심어주었던 병든 아버지와도 결별한다. 자살한 손자를 일컬어 허약해빠진 못난 놈이라고 할 만큼 심성이 삐뚤어진 아버지를 요양원으로 보내는 일은, 행크에게는 아들의 죽음에 대한 뒤늦은 반성처럼 보인다. 그는 레티샤를 헌신적으로 돌본다. 그래서 그녀는 행크가 자기 남편의 사형집행인이었다는 충격적인 사실을 알게 된 뒤에도 그의 곁에 남기로 한다. 함께 해 저무는 현관 앞에 앉아 아이스크림을 나눠먹던 행크는 레티샤에게 말한다. "우리, 이제 괜찮을 거요." 어쩌면 여기서부터는 사랑이 아니겠나 싶다.

# 사랑은 미녀와 야수의 스캔들이다

King Kong (2005)

　미녀와 야수의 오리지널 버전은 그리스 신화다. 에로스
Eros(큐피드Cupid)는 사랑의 화살로 남들을 맺어주거나 남의
가슴에 애타는 사랑의 불길을 지피는 것을 본분으로 삼는
데, 하루는 자기 화살촉에 실수로 찔리고 만다. 그는 프쉬
케Psyche라는 처녀와 사랑에 빠진다. 프쉬케는 괴물에게 시
집 갈 것이라는 신탁을 받고 숲으로 간다. 숲속 궁전에서,
에로스는 밤마다 찾아와 한없이 친절한 신랑 역할을 한다.
단 하나의 규칙은 신랑의 얼굴을 절대로 보아서는 안 된다
는 것이었다.

　시샘에 젖은 언니들이 프쉬케를 부추긴다. 네 신랑은 실
은 너를 속여서 결국 잡아먹으려는 괴물일 거라고. 정말로
그가 너를 사랑한다면 왜 얼굴을 보여주지 않겠느냐고. 언

니들의 말에 설득당한 프쉬케는 램프를 켜고 잠든 신랑의 얼굴을 보고 만다. 괴물은커녕 세상에서 가장 아름다운 사내가 거기에 있었다. 잠에서 깨어난 에로스는 프쉬케의 불신을 원망하며 이별을 선언한다. 프쉬케는 에로스의 사랑을 되찾기 위해 이승과 저승을 헤매며 시련을 겪는다.

프쉬케라는 이름을 영어로 읽으면 영혼 또는 정신을 의미하는 '싸이키'psyche가 된다. 그녀의 신화는 묘한 사랑의 역설을 말해준다. 우리가 가슴으로 나누는 정열적인 사랑은 이성이 불을 끈 동안에만 가능하다는 것처럼 들린다. 우리 이성(싸이키)이 등불을 지피고 사랑의 정체를 확인하려는 순간, 사랑의 감정(에로스)은 원망어린 결별을 선언하며 우리 곁을 떠나가 버리는 것이다! 사랑에 빠져야 할 나이에 우리 신체가 과다한 호르몬을 분비해 우리 정신을 몽롱한 고양상태로 만들어 주는 건 그 때문인지도 모른다.

에로스와 프쉬케의 전설은 긴 세월이 흐르는 동안 조금씩 다른 형태로 번안되었다. 야수와 벨Belle이 주인공으로 등장하는 프랑스의 설화를 포함한 유럽 지역의 유사한 전래동화들은 그리스 신화에 뿌리를 두고 있다. 브로드웨이에서 장기 공연 중인 앤드류 로이드 웨버Andrew Lloyd Webber의 〈오페라의 유령〉도 그 번안물의 하나에 해당한다. 미녀와

군대 고참이 물었다. "너 킹콩이 왜 죽었는지 알아?" 정답은? "기어오르다가"였다. 사랑을 지키기 위해서는 넘어서지 말아야 할 어떤 금 같은 것이 존재한다. 그 금을 넘어서 보게 되는 것이 신의 얼굴이든 괴물의 몰골이든. 지나친 흡연은 건강에 해롭듯이, 지나친 호기심은 사랑에 해롭다.

야수의 가장 현대적이면서도 가장 변태적인 번안물로는 <King Kong>을 꼽을 수 있겠다.

전설의 해골섬에서 백수의 제왕 노릇을 하던 킹콩은, 생뚱맞게도, 금발의 미국 여자와 사랑에 빠진다. 그 바람에 킹콩은 결국 사로잡혀 인간세상으로 붙들려오고 미녀를 납치해서 고층건물을 오르다가 추락사하고 만다. 76년의 킹콩이 제시카 랭Jessica Lange을 어깨에 떠메고 기어오르던 뉴욕의 세계무역센터 건물은 이제 지구상에서 사라졌지만, 피터 잭슨Peter Jackson이 리메이크한 2005년의 킹콩은 원작에서처럼 엠파이어스테이트 빌딩 꼭대기에서 포효한다. 어찌 보면 이 영화는 미녀를 물색없이 좋아하는 수컷의 결말은 비참할 수 밖에 없다는 교훈을 주려는 것처럼 보이기도 한다.

저주받은 귀족이 아니라 진짜 괴물이 등장해서 미녀에게 추파를 던지는 설정이 징그럽긴 하지만, 킹콩의 러브 스토리 역시 남녀 간의 사랑의 어떤 국면에 대한 우의寓意, allegory인 셈이다. 자기 남자가 점잖고 똑똑해서 좋다는 여자도, 그가 '남자답지 못하게' 행동하는 건 좀처럼 참아주지 못하는 법이다. 남자답다는 건 과단성 있는 결단력이나 희생적인 헌신 따위를 의미할 수도 있겠지만, 대개의 경우 상대를 리드하고 지배하는 능력을 뜻한다. 대부분의 남자들은 여자로부터 '짐승만도 못한 놈' 대접을 받으니 차라리 '짐승 같은 놈' 취급을 받는 편을 택하지 않을까? 한편, 사랑하는 여자를 손아귀에 쥐고 최고층 빌딩으로 올라가는 킹콩의 모습은 이성에 대한 남자의 소유욕, 지배욕, 출세욕 따위를 상징하는 광경일 수도 있겠다.

하지만 덮어두자. 사랑의 이러한 내막을 너무 낱낱이 해부한다면 사랑은 매력 없는 일이 되어버릴 지도 모르니까. 정체를 보아버린 싸이키의 곁을 에로스가 떠나듯, 서로에 대한 사랑의 실체를 깨닫는 순간 죽음이 킹콩과 미녀를 갈라놓지 않았던가.

# 사랑은 밥벌이다

Cinderella Man (2005)

아일랜드계 미국 청년 제임스 브래덕James Braddock(러셀 크로우 Russell Crowe 분)은 전설적인 라이트헤비급 권투선수 다. 1928년부터 약 5년간 승승장구하며 절정기를 구가하 던 그는 어느 순간부터 부상과 슬럼프에 시달린다. 급기야 손뼈가 으스러져 권투를 접어야 하는 시점에, 또 공교롭게 도 대공황의 춥고 배고픈 시절이 닥쳐온다. 그 시절의 다른 많은 미국 사람들의 경우처럼, 그가 투자한 주식도 하루 아침에 휴지조각이 되어버린다. 그는 부두의 일용직 노동 자로 일하며 온갖 허드렛일로 근근이 생계를 이어간다. 아 픈 막내를 친척집에 맡기고 전기와 수도가 끊긴 집의 집세 를 벌기 위해 동분서주하던 그는, 구겨진 자존심을 무릅쓰 고 권투 프로모터들이 모이는 술집에 들어가 예전의 안면 을 팔아 푼돈을 구걸하기도 한다.

그러던 어느 날, 갑작스레 취소된 시합에 그는 대타로 기용되어 랭킹 2위의 선수와 맞붙는다. 모두들 한물 간 은 퇴선수인 브래덕이 샌드백처럼 두들겨 맞고 끝날 거라고 예견했던 시합을, 그는 3회 케이오KO로 이긴다. 고질적인 오른손 부상에도 불구하고 재기에 성공해 승리를 이어가는 브래덕은 이제 춥고 배고픈 대중에게 희망의 상징이 된다. 사람들은 그를 '신데렐라 사나이'Cinderella Man라고들 부른다. 그러나 그의 아내(르네 젤웨거Renée Zellweger 분)는 다시 권투를 시작한 남편이 못내 불안하다. 그녀는 "당신이 부상으로 은퇴했을 때, 이젠 더 이상 얻어맞고 돈을 벌지 않아도 되어 차라리 안심이 되더라"며 그를 말렸다. 하지만 그를 사각의 링 위로 내모는 것은 이제 승부욕 따위가 아니라 아이 셋을 먹여 살려야만 하는 생활고였다.

그는 헤비급 세계 챔피언인 맥스 배어Max Baer에게 도전한다. 배어와 맞싸운 선수들 중 두 사람이 뇌진탕으로 목숨을 잃었다. 남편의 권투시합을 앞두고 불안해하는 착한 아내 역할을 르네 젤웨거보다 더 잘해냈을 배우가 있을까? 호주 태생인 러셀 크로우의 아일랜드 억양이 좀 거슬리긴 했어도, 크로우는 절망을 담은, 그러나 절망 속에서도 꺼지지 않고 타오르는 눈빛 연기를 멋지게 해낸다. 이 영화에서 챔피언 맥스 배어가 잔인하고 잘난 체하는 악당 역할을 맡은 건

불공평한 처사인지도 모른다. 하지만 브래덕은 불운의 나락으로 굴러 떨어진 낙오자였고, 경제공황으로 본의 아니게 그처럼 낙오자가 되어버린 수많은 이들에게 대리만족을 주었다. 대중의 희망과 싸우면서 악당이 되지 않을 재간을 가진 사람이 어디 있으랴. 경제난이 무색할 만큼 많은 수의 관중이 경기장을 찾아와 브래덕을 응원했고, 더 많은 사람들이 라디오 앞에서 그의 승리를 기원했다. 챔피언 배어는 아마도 어쩔 수 없이 악한의 역할을 맡게 되어버렸으리라.

〈Rocky〉와는 달리, 이 영화는 자신의 한계를 극복하는 개인의 영웅담에 초점을 맞추지 않는다. 브래덕은 사랑하는 처자식을 굶길 수 없어 자기가 할 줄 아는 쉽지 않은 일을 그저 하기로 결심한 가장일 뿐이다. 그는 이를 악물고, 죽음을 각오하고 그 일을 해낸다. 모두들 무모한 도전이라고 말하는 경기를 앞두고 그는 기자회견을 가진다. 거기서 한 기자가 그에게 "또다시 예전처럼 실패를 맛보지 않겠느냐"고 묻는다.

"예전에는 내가 무엇을 위해서 싸우는지 잘 몰랐습니다. 하지만 지금은 다릅니다."
"그래요? 당신은 그럼 지금은 뭘 위해서 싸우나요?"
"우유요."

일이 밥벌이 수단이라는 것과, 식솔을 부양하기 위함이라는 것은, 비슷해 보이지만 동일한 의미는 아니다. 후자에는 책임감과 사랑이 끼어들기 때문이다. 재미나 자아실현을 위해 일할 수 있다면 행운이다. 그렇다고 해서, '우유값'을 벌기 위해 하는 일을 '구질구질하다'고 말하는 사람이 있다면, 그는 무지할 뿐 아니라 불행한 사람이다.

영화는 주인공이 시합 도중 링에 쓰러져 숨을 거둘지도 모른다는 비장함을 유지하면서 절정으로 치닫는다. 결말이 궁금하다면 영화를 찾아보시라. 사실 이 영화에서 브래덕이 챔피언 벨트를 차지하느냐 마느냐는 별로 중요하지 않다. 이 영화는 위험과 모욕을 무릅쓰고 분투하는 모든 가장에게 영상으로 바치는 헌사이기 때문이다. 이 세상의 아버지들은, 자신의 아버지가 그러했듯이, 식구를 건사하기 위해 참 많은 것을 무릅쓴다. '우유값'을 벌어오는 일. 사랑 아니고서야 그 험난한 일을 대체 어찌 해내랴?

# 사랑은 외로움에 대한 저항이다

Wall-E (2008)

뜻밖이었다. 2008년에 만들어진 최고의 로맨틱 영화는 선남선녀의 눈물을 담은 영화가 아니었다. 로봇이 주인공으로 등장하는 픽사Pixar의 애니메이션이었다. 지구형 쓰레기 처리장치Waste Allocation Load Lifter - Earth class: WALL-E라는 기묘한 이름을 가진 로봇 한 대가 단조로운 일상을 반복하고 있다. 지구는 인간이 버리고 떠난 쓰레기로 산을 이루고 있다. 다른 모든 로봇들이 낡고 고장 나 멈춰버린 뒤에도 이작고 귀여운 로봇은 700년이 넘는 시간 동안 혼자서 묵묵히 쓰레기를 치우고 있는 중이었다.

22세기의 지구는 '바이앤라지'Buy and Large라는 기업이 지상의 모든 경제활동을 관장하는 소비사회이다. 쓰레기가 포화상태에 이르고 오염이 심각해지자 BL사의 회장은 인류가 지구를 버리고 우주에서 생활할 것을 결정한다. 사람이 떠난 지구에는 청소용 로봇들이 남겨졌다. 그러나 월-E의 일상이 보여주듯, 인간의 쓰레기는 로봇으로 해결하기에는 역부족이었다. 29세기 초, 월-E는 지구상에서 호기심을 지니고 활동하는 유일한 지각 있는 존재처럼 보인다. 그는 쓰레기 더미 속에서 발견한 재미난 물건을 수집하는 취미를 가지고 있으며, 뮤지컬 〈Hello, Dolly!〉를 시청하면서 그 주인공들처럼 누군가와 손을 마주잡고 싶어 한다. 그의 외로움이 관객의 가슴에 시리도록 전해온다.

어느 날, 무인우주선이 지구에 내려와 날렵한 신형로봇 한 대를 내려놓고 사라진다. 이 로봇은 외계식물평가장치, 그러니까 이브Extraterrestrial Vegetation Evaluator: EVE라는 이름을 가진 탐사로봇이다. 월-E는 이브와 첫눈에 사랑에 빠지고, 그녀의 임무의 의미를 채 이해하지 못한 채 그녀를 따라 우주여행에 나선다. 그는 결국 그녀의 임무완수를 돕고, 그 부수적인 결과로 인류를 구하기도 한다. 차갑고 무감각하게 임무만을 추구하던 고성능 로봇 이브는 월-E와 함께 모험을 하는 동안 그의 오랜 외로움을 이해하게 된다.

〈Wall-E〉는 코믹한 해피엔딩의 만화이면서도, 그 줄거리는 묵시록적인 종말론으로 채색되어 있다. 등장인물 중

가장 인간적인 면모를 보이는 것은 700년 묵은 구식 로봇이다. 이 영화는 반어와 역설의 힘으로 가득 차 있다. 그래서 〈Wall-E〉는 여느 로맨스 영화들과는 사뭇 다른 질문을 제기한다. 로봇이 오랜 학습과정을 거쳐 감정을 느끼게 된다면 그것을 합목적적인 성능의 향상이라고 부를 수 있을 것인가? 인공지능의 권리는 어느 선까지 인정되어야 마땅할 것인가? 사랑의 본질은 과연 무엇인가? 월-E와 이브가 각각 남자와 여자처럼 묘사되기는 하지만, 이들의 사랑을 이성 간의 사랑으로 규정할 근거는 없다. (나이로 따지면 월-E가 700살이나 연상이기도 하다.) 로봇들이 서로 간에 느끼는 애착을 사랑이라고 부를 수 있다면, 사랑은 세대 간의 교감이나 이성 간의 집착, 심지어 동성애의 범주조차 넘어서는 그 무엇이리라.

영화 〈Wall-E〉의 놀라운 성취는 거기에 있다. 사랑이라는 거대하고 미묘한 물건을 냄비에 넣고 졸일 대로 졸이고 나면 과연 무엇이 남을 것인가? 그 답은 "혼자이고 싶지 않다"는 감정이 아닐까? 로봇 월-E의 사랑은 복잡하지 않다. 그것은 700년 만에 만난 자신과 비슷한 존재와 함께 있고 싶다는 강렬한 욕망이다. 조금 사치를 더한다면 손을 맞잡고 싶다는 욕심 정도다. 수백 년 동안 뮤지컬의 라스트 신을 동경해온 나머지, 월-E는 두 손을 맞잡은 영화 속 주인공들이 그 어떤 존재론적 완성을 달성했다고 믿는 것처럼 보인다. 이 단순하면서도 명백한 욕구는 너무도 강렬해서, 월-E는 자기가 완전히 망가질 수 있는 그 어떤 위험도 마다하지 않는다. 월-E의 행동은 마치 상대에게 잡아먹히면서도 번식본능을 충실히 따르는 곤충이 연상될 정도로 주저 없고 일관되다. 희생과 헌신의 진정한 의미가 뭐냐고? 사랑의 목적이 뭐냐고? 해답 없는 고민이 그대를 심난하게 만든다면 이 영화는 꼭 한 번 볼 가치가 있다. 사랑이란 그저 혼자서는 할 수 없는 그 무엇이다. 그뿐이다.

# 사랑은 한 곡조 유행가 가사다

Mamma Mia! (2008)

나의 처지가 꼭 유행가 가사 같다는 생각이 들 때가 있다. 이상한 일이 아니다. 많은 사람이 쉽사리 공감하는 가사가 아니라면 히트송이 되기 어렵겠기 때문이다. 단지 사람들은 자신이 다른 모든 사람들과 비슷하다는 사실을 자주 잊어버릴 따름이다. 오늘날까지도 아바ABBA는 스웨덴이 세계에 자랑하는 문화 아이콘으로 남아 있다. 고전음악에서 차이코프스키Tchaikovsky가 그랬듯, 아바는 음악의 힘이 멜로디에서 나온다는 평범한 진리를 우리에게 다시 확인시켜 주었다. 그들의 활동기간이 장구하고 히트곡이 하도 많아서, 거의 어떤 상황에서든 그에 어울리는 아바의 노래를 골라낼 수 있을 정도다.

1999년 영국의 제작자 주디 크레이머Judy Craymer와 작가인 캐더린 존슨Catherine Johnson은 필리다 로이드Phyllida Lloyd 감독을 기용해 순전히 아바의 히트곡으로만 이루어진 한 편의 뮤지컬을 웨스트엔드의 무대에 올렸다. 세 명의 여인이 만들어낸 이 작품에는 세 명의 여인이 친구로 등장한다. "Super Trouper", "Dancing Queen", "Knowing Me, Knowing You", "Thank You for the Music", "Money, Money, Money", "The Winner Takes It All", "Voulez Vous", "I Have a Dream" "SOS" 등 70~80년대 라디오 팬이라면 전 세계 누구나 사랑하던 주옥같은 노래들이 줄거리를 씨줄과 날줄로 엮는다. 결과는 대히트였고, 〈Mamma Mia!〉는 브로드웨이에서도 장기 공연에 들어갔다. 할리우드가 이런 호재를 놓칠 턱이 없었다. 이 뮤지컬은 2008년 메릴 스트립Meryl Streep, 피어스 브로스넌Pierce Brosnan, 콜린 퍼스Colin Firth 등이 출연하는 영화로 제작되었다.

무대는 그리스의 작은 섬이고, 주인공은 아버지가 누군지 모르는 스무 살 처녀 소피Sophie(아만다 사이프리드Amanda Seyfried 분)이다. 소피는 결혼을 앞두고, 아버지를 찾고 싶다는 생각을 한다. 그녀는 엄마 도나Donna(메릴 스트립 분)의 처녀적 일기장을 뒤져, 자기 아버지일 가능성이 가장 높은 세 명의 남자에게 도나의 이름으로 청첩장을 보낸다. 각기 도나와의 잊지 못할 사랑의 기억을 간직하고 살아가던 세 남자는 젊은 시절의 기억을 떠올리며 그리스의 섬으로 돌아온다.

있을 법한 이야기는 아니다. 그러나 적재적소에 배치된 아바의 노래가 우리의 귓전에 익숙하게 들려올 때, 줄거리의 비현실성 따위는 문제 삼지 않게 된다. 오히려 쉽사리 용서가 되지 않는 건 영화의 캐스팅이다. 메릴 스트립은 위대한 배우고, 피어스 브로스넌은 아직도 전성기의 매력을 잃지 않고 있지만, 이들의 노래실력은 좀처럼 칭찬해주기 어렵다. 투철한 직업정신으로 안쓰러울 만큼 최선을 다하지만, 이 영화에 관한 한 노력으로는 충분치 못했다. 이런 흠을 가려주는 것은 주인공 소피 역을 맡은 신예 아만다 사이프리드의 놀라운 노래솜씨와 신선한 매력, 그리고 다른 조연들의 분투다.

오리지널original 곡으로만 구성된 스탠리 도넌Stanley Donen 이나 빈센트 미넬리Vincente Minnelli의 고전적인 뮤지컬과는 달리, 〈Mamma Mia!〉처럼 기존의 히트곡들을 이용해서 만든 뮤지컬을 가리켜 주크박스 뮤지컬Jukebox Musical이라고 일컫는다. 이런 뮤지컬이 가진 매력은 독특하다. 줄거리나 연기의 완성도 이외의 어떤 요소가 관객을 끌어당기기 때문이다. 그것은 익숙함이 우리에게 주는 즐거움이다. 무도

장에서도 우리는 자기가 잘 아는 곡이 흘러나올 때 가장 열광하지 않았던가.

〈Mamma Mia!〉에 등장하는 사랑은 실패한 사랑이거나 흠결이 있는 사랑이다. 영화 말미에 도나는 오랜 세월을 에둘러 찾아온 짝과 맺어지기는 하지만, 정작 소피는 마치 엄마 같은 실수는 반복하지 않겠다는 듯이, 결혼을 취소한다. 흠투성이의 사랑 이야기로 만들어진 미스캐스팅 miscasting의 영화를 보면서도 행복감에 젖을 수 있는 것은, 우리가 아바의 노래에 감성의 주파수를 맞출 수 있기 때문이다. '아하, 이 노래를 이 대목에 써 먹었구나' 하고 반가워하면서. 그렇다. 우리 사랑은 우리 입에 옮아 붙어 좀처럼 떨어지지 않는 한 곡조 유행가 같은 그 무언가인지도 모른다. 통속적이고 불완전하더라도 여전히 우릴 행복하게 만들어 주는 힘을 가진.

# 사랑은 업이다

Up (2009)

스스로를 인용하자니 좀 민망하지만, 나는 나의 첫 책 『영화관의 외교관』에 이런 글을 썼던 적이 있다.

'home'이라는 영어 단어에 딱 맞아 떨어지는 우리말은 없습니다. 경우에 따라, 'home'은 '가정'이나 '근거지'라는 추상명사도 되고, '집'이라는 보통명사도 되죠. 이 말은 역으로, 우리의 '가정'에 꼭 들어맞는 영어단어가 없다는 뜻이기도 합니다. 우리말에서 '가족'(사람)과 '집'(장소)의 중간쯤 자리 잡은 '가정'은 장소보다는 관계에 치우친 단어입니다. 반면에, 영어에서 'family'(사람)과 'house'(장소)의 사이에 존재하는 'home'이라는 단어는 인간관계보다는 장소가 구현하고 있는 구체성을 더 많이 담고 있습니다. 서구인들에게는 눈에 보이고 손으로 만져지는 장소에 담긴 뜻이 중요한 모양입니다. 서구적 정신의 요체는 합리성이라고들 하지만, 더 근본적인 요소는 공간 속에서 자신의 위치를 파악하는 내항성耐航性, navigability 같은 것일지도 모릅니다. 서양에서 작도법이 더 빠르게 발전한 비밀의 근원도 거기 있는 건 혹시 아닐까요? 그런 탓인지, 서구 영화들 중에는 특정한 공간, 장소가 체화하는 의미를 소재로 삼은 것들이 많습니다. 〈Holiday Inn〉, 〈New York, New York〉, 〈Sunset Boulevard〉, 〈Howard's End〉, 〈Waterloo Bridge〉, 〈On Golden Pond〉 같은 영화에서 장소는 주연 배우들과 거의 맞먹는 비중을 가진 주인공들입니다. 〈미워도 다시 한 번〉에서 〈친구〉에 이르기까지, 우리 영화들은 대체로 관계지향적입니다. 장소를 제목으로 삼은 〈길소뜸〉이나 〈강원도의 힘〉 같은 영화의 초점도 인간관계에 맞혀 있죠. (『영화관의 외교관』, pp.48~49)

장소, 또는 물건으로서의 'home'이 서양인들에게 과연 어떤 감정적 매개물이 되는지 직설적으로 보여준 영화가 있다. 픽사Pixar의 2009년 장편 애니메이션 〈Up〉이다.

영화가 시작하면, 칼 프레드릭슨Carl Fredricksen이라는 내성적인 소년이 등장한다. 미지의 세계를 탐험하는 영웅을 동경하던 칼은 같은 취미를 가진 소녀 엘리Ellie를 만난다. 칼과 엘리에게 비슷한 점이라고는 마음속 깊이 모험을 동경한다는 점 밖에 없다. 묻는 말에 뭐라고 대꾸도 제대로 못하는 칼과는 달리, 엘리는 씩씩하고 괄괄한 말괄량이 소녀다. 두 사람은 언젠가 함께 남미 정글 속의 '파라다이스 폭포'를 찾아 떠나자고 약속한다. 영화 속 세월이 갑자기 속도를 낸다. 두 사람은 함께 자라고, 사귀고, 결혼한다. 엘리가 의사로부터 아기를 낳을 수 없다는 진단을 받고 낙담한다. 그래도 둘은 사이좋게 늙어간다. 엘리가 병에 걸린다. 결국 그녀는 먼저 세상을 떠난다. 영화의 첫 이십분 정도를 차지하는 이들 부부의 이야기는 애틋하고 아름답다. 눈물이 난다.

이제 주인공은 소년 '칼'이 아니라 고집쟁이 노인 '프레드릭슨 씨'다. 하지만 관객은 — 비록 순식간이었지만 — 파노라마처럼 펼쳐지는 그의 일생을 이미 공유한 터다. 그 덕에, 그는 〈Grumpy Old Men〉이나 〈Dennis the Menace〉에 나오는 심술쟁이 이웃영감 월터 매도우Walter Matthau처럼 보이기보다는 〈The Old Man and the Sea〉에 나오는 사연 많은 노인 스펜서 트레이시Spencer Tracy를 닮아 보인다. 그는 재개발 업체의 끈질긴 회유와 압력에도 불구하고, 엘리와 함께 살던 낡은 집을 팔지 않는다. 그 집은 소년 칼이 소녀 엘리를 처음 만났던 곳이고, 둘의 데이트 장소였으며, 신혼시절의 첫 집이자, 아내를 떠나보낸 집이기도 했다. 그래서 그 집은 그에게 자신의 아내 엘리를, 그녀와의 사랑을, 그녀와 함께 나눈 청춘을 상징한다.

어느 날 건설업자들이 집을 비우라는 법원의 명령서를 가지고 들이닥친다. 그는 집을 순순히 내주느니, 차라리 집을 가지고 떠나는 쪽을 택한다. 어떻게? 그건 영화를 보시면 알 일이다. 프레드릭슨이 집을 등에 걸머지고 다니는, 영화의 중반부 장면에서 나는 허를 찔린 것처럼 가슴이 저렸다. 우리는 우리의 사랑을 업보처럼 등에 지고 사는 것이다! 노년의 칼 프레드릭슨이 내내 등에 지고 살았던 것은 젊은 날의 약속을 지키지 못한 채 사랑하는 아내를 먼저 떠나보낸 미안함이었을 것이다. 언제나, 죽음은 살아남은 자들이 견뎌내야 하는 그 무엇이다.

영화 〈Up〉은 진정한 의미의 가족 드라마다. 어린이들도 무척 즐겁게 보지만, 아이들이 결코 이해할 수 없는 원숙한 사랑의 애틋함도 담고 있으니까. 마음을 꼭꼭 닫아걸고 세상을 마냥 원망하는 것처럼 보이던 프레드릭슨이 자기 사랑의 카르마karma를 벗어버렸을 때, 그의 사랑은 잊혀지거나 버려지기는커녕, 오히려 완성된 것처럼 보인다. 그의 어깨를 떠난 그의 집은 언제까지나 낙원의 폭포를 굽어보고 있을 게다. 당신은 어떤 사랑의 업을 등짐처럼 짊어지고 계시는가.

우리는 캐릭터를 창조하고 거기에 생명을 불어넣고 깊이를 주었다.

그리고 그것을 통해서, 우리를 가르는 것보다 우리가 공통으로 가진 것이

훨씬 많고 중요하다는 사실을 이 어지러운 세상에 보여주었다.

We have created characters and animated them in the dimension of depth,

revealing through them to our perturbed world that the things we have in common

far outnumber and outweigh those that divide us.

– 월트 디즈니Walt Disney

# 내가 사랑한 영화

잠시만, 사랑 이야기를 쉬어갈까 한다.

월간지에서 청탁을 받고 썼던 영화 이야기와, 월간지의 원고청탁에 얽힌 이야기 순서다.

영화 속에서는 사랑만이 아니라, 삶의 거의 모든 부면에 관한 이야기 거리를 찾을 수 있다.

영화만큼 많은 사람이 공유하는, 풍성한 이야기 창고가 또 있을까?

# 나의 성탄절과 영화

〈나의 성탄절 영화, Before〉

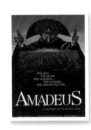

　　소개팅을 하면 결혼을 해야 하는 줄 알았다, 라고 말하면 거짓말이 되겠다. 하지만, 내가 대학 1학년 소개팅에서 처음 만난 동갑내기 여학생과 사귀다가, 그녀와 결혼해 지금은 어엿이 고등학생인 두 아들을 두고 있다는 건 거짓 없는 사실이다. 우린 열아홉 살이던 1985년 여름에 처음 만났다. 쑥스러운 이야기지만, 그녀에게 '나한테 시집오면 어떻겠냐'고 처음 물어본 게 그 해 성탄절 무렵이었다. 스무 살 풋내기의 만용이었다. 지금 스무 살짜리들을 보면 세상 물정 모르는 어린애처럼 위태로워 보이기만 한다. 하지만 정작 그 시절엔 세상이 어찌나 만만해 보이던지.

패기에 차서 세상을 쉽게 보았다는 뜻이 아니다. 1985년
도의 대학 신입생들은 좀처럼 그런 사치를 누리지 못했다.
그 무렵의 캠퍼스는 대체로 황폐하고 침울했다. 전경들이
수시로 가방을 검사했고, 최루탄의 혹독한 냄새를 피할 수
있는 날은 드물었다. 괴로웠다. 군인들이 총검으로 권력을
차지한 현실을 쉽사리 참아 넘길 수 있는 젊음은 없었다.
화도 났다. 학교에서 공공연히 유행하던 민족주의적 좌파
논리도 한심스럽긴 매한가지였다. 민족주의적 좌파라니?
마치 '결혼한 총각' 같은 얘기가 아닌가! 답답했다.

세상이 나아지려면 자신이 아니라 남들이 변해야 한다
고, 남들만 변하면 된다고 주장하는 사람들만 득실거리는
것처럼 보였다. 이질적인 것을 참아내는 우리 사회의 능력
은 낙제점이었다. 국어사전에 버젓이 다른 뜻으로 적혀 있
는 '다르다'와 '틀리다'라는 표현이 함부로 섞여 쓰였다. 다
르면 저절로 틀린 것이 되었다. 그 무렵, 20대 청춘은 즐거
움을 죄스러워 했다. 심지가 굳은 몇몇은 남의 눈치를 보
지 않고 지내기도 했지만, 그들은 기이한 예외였다. 어쩌
면 우리 내외가 6년간의 연애기간을 별 탈 없이 지내고 결
혼에 이를 수 있었던 건, 우리가 서로에게 칙칙한 대학생활
을 밝혀주는 등불이었기 때문인지도 모른다. 스무 살 나의
눈에 세상이 만만해 보였다는 건, 쉬워 보였다는 게 아니라

시시해 보였다는 뜻에 가깝다.

대체로 시시하고 답답하던 1985년 겨울에도 성탄절은 어김없이 다가왔다. 그 무렵 대학생들에게는 성탄절이라고 값비싼 선물을 주고받는 풍조는 없었다. 당시 대통령이던 분께서 사교육 부담 해소를 위한 과감한 대책으로 모든 과외를 정말 과감하게 불법화시켜 놓았기 때문에, 대학생들이 용돈을 벌 길이 막혀 있기도 했다. 우린 영화 한 편을 같이 보기로 했다.

성긴 눈발 날리던 을지로 3가 명보극장. 우리는 모차르트Mozart의 생애를 그린 〈Amadeus〉를 보았다. 8개의 오스카를 거머쥔 영화였다. 모차르트 역의 탐 힐스Tom Hulce와 살리에리Salieri 역의 머레이 에이브람F. Murray Abraham이 둘 다 남우주연상 후보로 지명되는 진기록을 세우기도 했는데, 시상식에서는 살리에리가 모차르트를 눌렀다. 이 영화는 천재에게 바치는 찬가였다. 살리에리는 자신에게 천재를 알아볼 정도의 재능 밖에 없음을 한탄하고, 질투심에 눈이 멀어 그를 죽음으로 내몬다. 살리에리는 모차르트가 "달랐기" 때문에 그를 "틀린" 사람으로 만들고 싶어 했다. 사필귀정. 만년의 살리에리는 죄를 참회하면서 스스로 목숨을 끊으려 할 만큼 괴로워하고 있었다.

나와 아내는 음악을 무척 사랑한다. 이 영화는 우리 두 사람 다에게 좋은 성탄선물이 되었다. 음악을 사랑하는 사

람이 음악을 왜, 얼마나, 어떻게 사랑할 수 있는지를 잘 그려냈기 때문이다. 그 즐거움을 둘이서, 또 객석에서 스크린과 양방향으로 공유하는 건 달콤한 즐거움이었다.  영화 속에서, 모차르트의 죽음은 살리에리의 참회로 보상받고 있었다. 즐거움과 죄스러움, 그 두 가지는 80년대 젊은이들에게는 낯익은 짝패였다. 따지고 보면, '즐거운' 성탄절의 본뜻도 '속죄'에 관한 것이 아니던가.


〈나의 성탄절 영화, After〉

대학시절을 회고하면 가슴 답답하고 눈 따갑던 일들이 한가득인데도, 막상 성탄절 영화에 대해 쓰려니 〈Amadeus〉가 먼저 떠오르는 이유가 뭐란 말인가. 아무리 칙칙하던 시절이라도, 지나간 젊음은 찬란한 기억으로 남는 모양이다. 이십 수년전 가슴 설레며 영화관에서 데이트를 했던 처녀는 이제 살림살이와 아이들 교육에 지친 마누라가 되었다. 언제부터인가, 명절이 오건 생일이 가건 우리 내외는 영화 한 편 함께 보러 가는 일이 드물다. 그녀가 이 땅에서 최고로 바쁜 프로페셔널professional 중고생 엄마 겸 전업주부인 탓도 있고, 원래 나만큼은 영화를 즐기지 않는 탓도 있다. 나로선 고맙기도 하고 외롭기도 한 노릇이다.

나이가 들수록 성탄절에 기분이 들뜨는 일은, 어쩔 수 없이 드물어진다. 그게 싫은 건 아니지만, 크리스마스! 하면 공연히 들뜨던 어린 시절의 흥분이 간혹 그립긴 하다. 그럴 때 내가 하는 일은 둘 중 하나다. 앤디 윌리엄즈Andy Williams의 캐롤 CD를 틀어놓거나, 어빙 벌린Irving Berlin이 음악을 맡은 1942년 영화 〈Holiday Inn〉을 꺼내 보는 거다. 이 영화는 유쾌하다. 빙 크로스비Bing Crosby와 프레드 아스테어Fred Astaire가 함께 활약하는 장면을 구경하는 재미도 각별하다. 성탄절 최고의 인기가요 '화이트 크리스마스'가 첫선을 보인 게 이 영화에서였다.

짐 하디Jim Hardy(크로스비 분)와 테드 해노버Ted Hanover(아스테어 분), 그리고 라일라 딕슨Lila Dixon(버지니아 데일Virginia Dale 분)은 무대공연으로 인기를 끌고 있는 연예인이다. 짐의 장기는 노래고, 테드는 타고난 춤꾼이다. 짐은 크리스마스 공연을 끝으로 연예계를 은퇴할 예정이다. 그는 라일라에게 청혼을 한 상태였고, 그들은 코네티컷Connecticut의 농장에서 여생을 보내자는 약속을 했다. 하지만 테드도 라일라에게 연정을 품고 있었다. 무엇보다, 그는 자신의 무용 파트너를 호락호락 잃어버릴 수 없었다. 결국 짐은 테드에

게 연인을 빼앗기고 혼자 시골로 내려가 농장을 경영한다. 그는 자신의 넓은 시골집을 개조해 공휴일에만 공연을 여는 '홀리데이 인'Holiday Inn을 운영하기로 결심한다. 또다시 크리스마스 이브가 찾아오고, 연예인 지망생 처녀 린다 메이슨Linda Mason(마저리 레널즈Marjorie Reynolds 분)이 오디션을 보겠다며 이곳을 방문한다. 둘은 서로에게 호감을 느끼고, 그해 송년의 날 홀리데이 인 처녀 공연은 성황리에 끝난다. 하필 그날, 라일라로부터 버림받은 테드는 만취한 상태로 행사장에 나타나, 린다와 짝을 이뤄 멋진 춤을 춘다. 다음날 술에서 깬 그는 어렴풋이 기억나는 그녀를 찾아 헤매기 시작한다. 또다시 테드에게 여자를 빼앗기기 싫은 짐은 그녀를 감추느라 무진 애를 쓴다.

예전엔 세상살이가 좀 더 단순했던 걸까? 이 영화의 등장인물들은 경쾌하게 시련을 극복한다. 40년대 미국이라고 인생이 쉽고 즐겁기만 했을 리는 없지만, 적어도 예전의 인간관계가 요즘보다 좀 더 직선적이고 명쾌했던 건 사실처럼 여겨진다. 만일 그게 사실이었다면, 그 이유는 사람이 다른 사람에게 지켜야 할 거리와 예법과 금기가 지금보다 명료했던 덕분이 아니었을까? 여성 권리 향상, 인종차별 철폐, 아동권리 증진, 세대 간 예절의 변화, 세계화 등등의 영향으로 요즘 사람들은 서로에게 더 많은 속 이야기를 솔직하게 털어놓기 어렵게 된 것 같다. 의사소통의 폭과 깊이가 복잡 미묘하게 되면, 단순하고 명쾌한 관계를 맺기는 어려워지는 게 아닐까?

흑백 영화를 꺼내보면서 즐거움을 재충전한다는 이야기를 청승맞다고 여길 사람도 있겠다. 하지만 성기능 장애를 약물로 치료한다는 민망한 이야기가 공공연히 대중매체에 등장하는 시대에 이 정도야 뭐 어떠랴. 지난 주말에도 〈Holiday Inn〉을 다시 꺼내 봤다. 그 덕에 다가오는 성탄절이 좀 더 즐겁게 느껴진다면, 무슨 대단한 의미가 없더라도 나한테는 그런대로 다행스러운 일이겠다.

# 영화 속의 멋에 관해서

'멋지다'는 표현은 멋지다. 모호하기 때문이다. 멋이란 게 대체 무엇인지를 한두 마디로 정의하기란 어렵다. 그것은 차림새나 생김새에 관한 것인 경우가 많지만, 분위기나 품격 또는 운치를 뜻하기도 한다. 어떤 사람에겐 멋있는 뭔가가 다른 사람에겐 한없이 기이하거나 심지어 촌스러운 것이 될 수도 있다. 멋도 가지가지인 거다. 그렇다면, '멋'이라는 멋진 단어를 갖지 않은 영어에서는 멋을 어떻게 표현할까?

스타일리쉬stylish는 차림새에 관해 자주 쓰는 말이다. 현대적인 유행에 민감하고 깔끔하다는 뜻이다. 특히 쉬크chic라는 표현은, 젊은이들 사이에서나 인정받을 정도로 앞서가는 최첨단의 세련미를 가리킨다. 댄디dandy나 스마트smart는 날렵하고 깔끔한 멋을 강조하는 말이고, 엘리건트elegant

나 그레이스풀graceful은 격조가 높고 기품이 넘치는 우아함을 가리킨다. 뭔가가 테이스티tasty하다면 맛있다는 뜻이지만, 테이스트풀tasteful하다면 침부터 흘릴 일은 아니다. 남달리 고급스러운 기호를 뜻하니까. 챠밍charming은 좀 다르다. 설령 차림새나 생김새는 날렵하고 깔끔하지 않더라도 마음을 끌어당기는 무언가를 가진 경우가 여기 해당된다. 아티스틱artistic하다면, 당연한 이야기지만, 좀 난해하고 괴팍스런 아름다움까지도 포함하는 의미가 된다.

괴팍한 취향 이야기를 하자면, 키치kitsch라는 멋도 빼놓을 수 없겠다. 원래 키치란 저속한 싸구려 모방품을 의미하는 독일어이다. 그런데 요즘 와서는 진짜가 아니면서 진짜인 척한다든지, 위악적이고 냉소적인 만족감을 위해서 일부러 촌스러움을 추구하는 반어적 세련미를 뜻하는 표현으로 정착했다. 쉽게 말해서, 노골적인 복고풍의 태반은 키치에 해당한다고 보면 크게 틀리지 않는다. 좀 더 극단적으로 가면 캠프camp라는 특이한 멋도 있다. 캠프는 동성애적인 취향을 뜻하는 속어인데, 미국 작가 수잔 손탁Susan Sontag은 캠프라는 단어에 '과장되게 꾸미는 태도'라는 넓은 뜻을 부여했고, "캠프적인 것은 괴상해서 아름답다"라고 칭송했다.

캠프라는 표현의 느낌을 좀 더 잘 알고 싶다면 사전을 뒤적이는 대신, 〈Rocky Horror Picture Show〉(1975)라는 영화 한 편을 보시면 된다.

팀 커리Tim Curry와 수잔 서랜든Susan Sarandon 등이 출연하는 이 영화의 줄거리를 요약하는 건 부질없다. 어느 약혼자 내외가 숲에서 길을 잃고 헤매다가 동성애적이고 복장도착적인transvestite 외계인들이 머무는 고성에 찾아들어가 한바탕 소동을 겪는다는 황당한 SF 뮤지컬이기 때문이다. 그러나 이 영화가 영화사에서는 중요한 자리를 떡 하니 차지하고 있다. 70년대 미국의 심야극장에서 젊은이들이 단체로 관람하면서 노래를 따라 부르거나 관객만의 대사를 일사불란하게 외쳐대며 그들만의 예식을 치르는 대상이 되었기 때문이다. '컬트'라는 영화현상은 여기서부터 시작되었다고 해도 과언이 아니다.

〈Rocky Horror Picture Show〉를 일단 보기 시작하면 '하도 괴상한 나머지' 끝까지 보게 되는데, 이게 또 은근히 중독적인 데가 있다. 특히 성도착적 외계인 두목을 연기하는 팀 커리의 자신만만한 변태적(?) 연기는 다른 누구도 흉내 낼 수 없는 경지를 구사한다. '캠프'적이라는 것은 자연스럽게 끌리는 아름다움이라기보다는, 체제에 저항하는 발칙함을 담고 있다. 요새 광고 중에, 넥타이를 목에 매지 않고 주머니에 구겨 넣고 뽐내며 다니는 남자가 등장하는 게 있지 않던가. 이를테면 그런 귀여운 반항도 멋이라면 멋인 셈이다. 좀 더 심각하게 캠프스러운 이미지라면 고故 스탠리 큐브릭Stanley Kubrick 감독의 〈A Clockwork

Orange〉(1971)에도 가득 담겨 있다. 이 영화는 좀 지나치게 폭력적이기도 하거니와, 혹시 필자가 괴상한 취향을 가진 걸로 오해하는 독자가 계실까 걱정도 되니, 이쯤에서 화제를 좀 돌려보자.

키치적인 멋이라면 단연 쿠엔틴 타란티노Quentin Tarantino 감독이 먼저 떠오른다. B급 영화들을 자양분으로 삼아 성장한 이 수다쟁이 영화감독은 〈Reservoir Dogs〉(1992), 〈Pulp Fiction〉(1994), 〈Kill Bill〉(2003~2004) 등의 작품을 통해 키치의 진수를 보여준 바 있다. 특히 〈Pulp Fiction〉은 의도적인 촌스러움과 과장스런 저속함이 어떻게 하면 멋져 보일 수도 있는지를 보여주었다. 우마 서먼 Uma Thurman과 존 트라볼타John Travolta의 저 유명한 'V자' 손가락 댄스 장면을 기억하시는지? 우리 영화 중에서 키치를 솜씨 좋게 구현한 작품으로는 신하균과 백윤식 주연의 〈지구를 지켜라〉(2003)가 떠오른다. 키치에 집착한 나머지 키치 이외에는 아무것도 담아내지 못한 〈다찌마와 리〉(2008) 같은 영화도 있긴 했다.

생활 속의 멋이라면 패션도 빼놓을 수 없겠다. 패셔너블fashionable이라는 단어에 걸맞은 최근 영화로는 단연 메릴 스트립Meryl Streep과 앤 해서웨이Anne Hathaway 주연의 〈The Devil Wears Prada〉(2006)를 꼽을 수 있다. 명품 패션의 허영을 우습게 여기던 똑똑한 여주인공이 패션잡지사에 취직해 고군분투하는 과정에서 패션의 위력을 깨닫고, 그런 경지마저 극복하면서 결국 자아를 찾는다는 영화다. 패션의 세계를 과감히 등지고서도 자신감을 가지고 살자면 혹시 앤 해서웨이만큼 예뻐야 하는 건 아닐까 싶은 의문이 좀 들긴 했어도, 이 영화가 잘 짚어낸 부분 한 가지는 분명했다. 그건 바로, 진정한 패션은 몸에 걸치는 천 조각으로 표현하는 게 아니라 일종의 태도라는 점이다.

패션이 하나의 태도라는 점을 좀 다른 각도로 보여준 또 한 편의 영화로는 오우삼 감독의 〈영웅본색〉英雄本色(1986)이 있었다. 홍콩 깡패들이 줄줄이 롱코트 입고 설쳐대던 이 영화 덕분에 86년 겨울의 서울 거리도 발목까지 오는 코트를 입은 사내들로 넘쳐났었다. 그들이 흉내 내고 싶었던 건 주윤발이나 적룡, 이자웅의 옷매무새 따위가 아니라 홍콩 느와르noir의 비장하고 우수 어린 사내 냄새였을 터이다. 울적한 80년대의 정서를 잘 짚어낸 이 영화 덕분에, 그 무렵 롱코트를 판매하던 남성복 업체들은 대박을 터뜨렸었다지.

'쉬크'한 소품이나 인테리어로 따지자면, 흥행의 귀재 마이클 베이Michael Bay 감독의 〈The Island〉(2005)가 불현듯 떠오른다. 복제인간이던 링컨 6ELincoln Six Echo(이완 멕그리거Ewan McGregor 분)가 조던 2DJordan Two Delta(스칼렛 요한슨Scarlett Johansson 분)를 데리고 탈출해서 자신의 원본 인간인 탐 링컨(멕그리거)을 찾아 나선다. 스타일이고 자시고 간

80년대 후반, 홍콩 깡패들이 패션 감각을 과시하던 영화 〈영웅본색〉은 느닷없이 서울 시내에서도 롱코트를 대유행시켰다. 멋쟁이 내 친구에 따르면, 멋이란 건 결국 멋있어 보이는 누군가를 따라하는 거에 불과하고, 진정한 멋은 가장 멋있었던 순간의 자기 자신을 자꾸 흉내 내는 것이라고 한다. 나로선 가볼 수 없는 경지지만, 역시 뭘 멋있다고 말하느냐가 자기가 어떤 사람인지를 결정하는 건 틀림없다.

에, 백치미 가득한 상태의 스칼렛 요한슨을 데리고 다닌다
는 설정부터가 남자들의 로망을 자극하는 측면이 있긴 했
는데, 이 영화의 미술담당이 차려놓은 LA의 탐 링컨 자택
풍경도 남성들의 눈길을 끌기에 충분했다. 탐은 실험적인
자동차나 보트 따위를 설계하는 디자이너였는데, GQ 같
은 잡지 속에나 등장할 법한 그의 집 실내장식은 단순하면서
도 고급스럽고, 기능적이면서도 아름다운 남성 취향이었다.

　독신남성 취향을 잘 구현한 집을 우리 영화에서 찾자면,
800만 관객 돌파기록에 빛나는 〈과속 스캔들〉(2009)부터
떠오른다. 한때 아이돌 스타였다가 라디오 DJ로 인기를 누
리고 있는 남현수(차태현)가 살던 그 집. 십대 때 사고를 쳐
서 생긴, 그러나 있는 줄도 몰랐던 그의 딸(박보영)이 미혼
모가 되어 손자까지 데리고 어느 날 갑자기 나타나서는 그
집에 눌러 앉는다. 이 갑작스러운 동거가 남현수의 삶을 엉
망으로 만드는 과정을 시각적으로 잘 보여주기 위해서라
도, 남현수의 집은 깔끔하고 세련되게 꾸며져 있었어야만
했다. 여담이지만, 이 영화에서 꼬마가 망치로 박살내는
최고급 스피커는 저 유명한 뱅엔올룹센Bang & Olufsen의 제품
인데, 제작진의 부탁에도 불구하고 B&O사가 간접광고PPL
협찬에 응해주지 않아 영화사는 지인을 통해 제품을 대여
했다고 한다. 이 제품의 시가는 대략 3천만 원 선이다. 있
는지 몰랐던 아들딸이 느닷없이 나타날 위험만 아니라면,

저렇게 갖춰놓고 살 수 있다면, 부럽다. 왕년의 아이돌들은 좋겠다.

만약 멋을 예술적인 거라고 정의한다면, 보통사람들이 생활 속에서 구현하는 멋이라는 건 어쩔 수 없이 얄팍한 흉내에 지나지 않는 건지도 모른다. 예술적인 아름다움이라면 역시 예술가가 등장하는 영화를 뒤져봐야 하려나? 유명세를 타서 벌이가 좋은 예술가라면 자기 집도 잘 꾸며놓긴 하겠다. 하지만 창작에 몰입하는 진지한 예술가의 거처가 반드시 깔끔하다든가 일반인의 유행감각을 만족시킬 거라고 기대할 근거는 없다.

우디 앨런Woody Allen 감독의 최근작 〈Vicky Cristina Barcelona〉(2008)에는 부부 미술가(페넬로페 크루즈 Penélope Cruz, 하비에 바뎀Javier Bardem)와 그들의 애인(스칼렛 요한슨)이 살다가 헤어졌다가 하는 남유럽풍의 저택이 등장한다. 이 집은 아름답긴 한데, 그 아름다움은 주로 집주인들의 창작 행위에 봉사하는 기능성과 스페인이라는 이국적 지방색에서 비롯된다. 예술가가 아닌 보통사람이 살면서 즐길 법한 멋은 별로 아닌 것 같다는 뜻이다. 두 사람이 살다가 헤어졌다가, 세 사람이 동거하다가, 또다시 갈라서고 하는 그 집 거주자들의 삶이 그러하듯이.

그렇다면, 흉내를 내볼 수 있을 만큼만 예술적인 멋이 담긴 영화 한 편쯤 어디 없을까? 예술가가 되려다 만 주인

공, 그러나 예술계 주변을 맴돌며 사는 사람의 이야기라면 어떨까? 에쿠니 카오리江國香織와 츠지 히토나리辻仁成의 유명 소설을 영화화한 〈냉정과 열정 사이〉冷静と情熱のあいだ; Between Calmness and Passion(2001)의 남자 주인공 준세이順正(다케노우치 유타카竹野内豊 분)가 그런 사람이다. 준세이는 그림을 그리다가 창작의 길을 버리고 이탈리아에서 중세회화 복원사로 일하는 사내다. 그의 거처가 예술적이면서도 스타일리쉬한 건 어쩌면 당연해 보인다. 우선 그는 일본인이고 부잣집의 내성적인 아들이다. (왠지 깔끔한 스타일이 절로 떠오르지 않는가?) 둘째, 그는 예술가 집안에서 성장한 화가지망생이었고, 지금은 섬세함을 특기로 삼는 복원기술자다. 셋째, 그는 학창시절의 운명의 여인을 잊지 못하는 로맨티스트다. 이탈리아나 일본에 있는 그의 집안 풍경은 이러한 그의 특징들을 다 잘 담아내고 있다. 준세이의 집안 풍경은 남자가 한 번쯤 살아보고 싶은 집이라기보다는, 여성이 한 번쯤 사귀어보고 싶은 남성의 집이 아니겠나 싶다.

남자라면, 예술적인 여백이 숨 쉬는 준세이의 집보다는 오히려 〈Nine 1/2 Weeks〉(1986)의 남자 주인공(미키 루크Mickey Rourke)이 살던 사무적이고 미니멀minimal한 아파트 쪽에 마음이 더 끌릴 것만 같다. 그러고 보면, 과연 뭐가 멋있고 뭐가 한심해 보이는 건지는 한국어로 쓰건 영어로 쓰건 뭐라고 딱 잘라 말하기 어렵긴 매한가지다. 그건 결국 당신이 어떤 사람이냐에 달린 문제다. 아니다. 당신이 무엇을 두고 멋있다고 말하느냐에 따라 당신이 어떤 사람인가가 정해지는 것일 게다.

# 영화로 본 박물관과 미술관

박물관, 또는 미술관이라고 하면 어떤 느낌부터 드시는
지? 긍정적으로 본다면 우아하고, 고상하고, 품위 있다는
느낌이 있을 것이고, 부정적인 사람이라면 한가하고(나는
바빠 죽겠는데), 허영에 차고, 지루하고, 고리타분하다고
말할 사람도 있겠다. 박물관과 미술관은 역사와 예술을 소
중히 여기는 인문주의적 교양과 지적 태도를 상징한다. 자
연히, 박물관과 미술관이라는 장소는 그 안에 들어 있는 물
건들의 아름다움과 값어치를 이해할 수 있을 정도의 사전
지식과 연관 짓지 않고 상상하기란 어려운 곳이다.

영화가 박물관 또는 미술관을 바라보는 시선은 대략 세
갈래 정도라고 말할 수 있다. 역사와 예술의 가치를 잘 안
다고 가식적인 허영을 떠는 사람들을 풍자할 때도 박물관
이나 미술관이 배경으로 등장하고, 영화 속에 예술과 역사

의 격조 높은 분위기를 빌려오고 싶을 때도 등장한다. 물론 박물관의 으스스한 분위기 자체만을 빌려다 쓴 영화도 있다.

〈벨파고-루브르의 악령〉Belphégor - Le fantôme du Louvre이라는 2001년 영화에서 루브르 박물관은 벨파고라는 이집트 출신 귀신이 소피 마르소Sophie Marceau의 몸에 덧씌워지는 공간이다. 뚜벅뚜벅 발자국 소리 울리는 한밤중의 텅 빈 루브르보다 더 을씨년스러운 장소를 파리에서 찾자면 장발장 Jean Valjean이 숨어 지내던 하수도Les Egouts 정도 밖에 없지 않았을까? 영화 〈The Relic〉(1997)에서는 브라질에서 건너온 유물에 붙어 있던 괴물이 자라 시카고 자연사 박물관을 쑥대밭으로 만든다. 미녀배우 페넬로프 앤 밀러Penelope Ann Miller가 괴물과 사투를 벌이는 고고학 박사 마고 그린Margo Green으로 등장하는 이 영화 속에는, 대중적 인기가 시들어 가고 있는 박물관에 대한 관계자들의 위기감을 드러내는 대사가 나온다.

마고 그린 박사 : 수상쩍은 물건을 가지고 사람들을 박물관에 끌어 모으는 건 마치 볼쇼이Bolshoi 발레단이 토플리스topless 도우미들을 고용하겠다는 거나 마찬가지에요.
프록 박사 : 나는 볼쇼이 발레단이 그랬으면 좋겠는걸. 그럼 나도 발레 좀 보러 갈 테니까.

규모가 큰 서구의 자연사 박물관들은 오랫동안 어린이들에게 상상력의 나래를 펼쳐주는 놀이터 역할을 해 왔다. 천정에 매달린 집채만 한 고래 뼈라든지, 금세라도 관람객을 덮칠 것 같은 자세를 취하고 있는 육식공룡 뼈를 올려다보면서 경외감을 품지 않는 어린이가 어디 있으랴. 그런데 그 경외감의 크기는 전자오락이 아이들의 관심을 쏙 빼앗아 가면서 줄어들고 있는 것 같기도 하다. 그래서일까? "볼쇼이 발레단이 토플리스를 고용하는" 식의 발상으로 아이들의 관심을 박물관으로 끌어보려는 영화도 있었다. 〈Night at the Museum〉(2006)에서 박물관 경비원으로 취직한 주인공 벤 스틸러<sub>Ben Stiller</sub>는 해가 지면 떠들썩하게 살아나서 난장판을 만드는 전시물들을 돌봐야 하는 불쌍한 처지가 된다.

컴컴한 박물관이 으스스한 이야기의 무대로 등장하는 거야 자연스러운 면도 있겠지만, 이왕이면 명색이 박물관에 어울리는 지성적인 태도로 박물관 영화를 만들 수는 없는 걸까? 〈The Da Vinci Code〉에 담긴 지성의 함량은 소설가 댄 브라운<sub>Dan Brown</sub>의 깊은 연구 덕분이랄 수 있겠는데, 이 영화(또는 소설)가 품고 있는 지성의 정체는 사실 좀 모호하다. 기독교의 도그마와 싸운다는 점에서 인문주의적인 태도에 기댄다고 말할 수는 있겠는데, 정작 주인공 로버트 랭든 박사<sub>Dr. Robert Langdon</sub>(탐 행크스<sub>Tom Hanks</sub> 분)가 찾아내는 진실이란 게 막달라 마리아 숭배라는 또 다른 전설 또는 미신이다. 역시 신화의 매력을 탈색한 인문주의적 지성만으로 독자나 관객을 매료하기란 쉽지 않은 모양이다.

이 영화가 박물관 홍보에 도움이 될 것으로 여겼던지, 루브르측은 사상 최초로 박물관 내부에서의 촬영을 허용했다고 한다. 박물관이 휴관하는 화요일 밤에만 촬영할 것, 그림에는 절대로 조명을 비추지 말 것 등등 까다로운 조건을 붙였음은 물론이다. 〈The Da Vinci Code〉 속의 박물관은 비밀이 꽁꽁 숨겨져 있고, 심야에 사람이 살해당하는 공간이다. 이 영화가 박물관의 매력을 홍보하는 측면이 있다면, 그 홍보 전략은 실상 〈Night at the Museum〉의 그것과 크게 다를 바 없는 게 아닐까.

거장 베르나르도 베르톨루치Bernardo Bertolucci의 발랄한 (그러나 여전히 다소 난해한) 2003년 영화 〈The Dreamers〉에 등장하는 루브르 박물관은 달리기 시합 장소다. 마오이즘Maoism에 대한 동경, 혁명, 섹스, 마약 등 해방에 관한 모든 욕구가 뒤범벅이 되어 분출하던 60년대의 프랑스를 추억하는 이 영화 속에서 주인공들은 어떤 권위와 통념도 인정하지 않으려 든다. 처녀성조차 장난치듯 내버리는 여주인공 이자벨Isabelle(에바 그린Eva Green 분)이 두 남자(오빠와 친구)에게 제안한다. "〈국외자들〉Bande a Part의 기록을 깨는 거야!" 장 뤽 고다르Jean-Luc Godard 감독의 영화 〈국외자들〉

속에서처럼 이들은 루브르 박물관을 관통해 질주한다. 그리고는 국외자들의 기록을 17초나 단축했다며 좋아라 한다. 이 영화에서 루브르 박물관은 엄격하고 점잖은, 그러나 고리타분하고 억압적인 기성의 질서를 상징했다.

귀신이나 괴물이 나온다거나, 살인이 벌어진다거나, 또는 달리기 트랙을 제공하는 장소로 등장시키는 것보다는 박물관이나 미술관을 좀 더 매력적으로 다룬 영화를 찾아보자면, 이곳을 연애 장소로 써먹는 영화들을 들 수 있다. 흥미로운 것은, 로맨틱한 연애의 장소로는 박물관보다는 미술관 쪽이 더 인기가 있다는 점이다. 회화의 아름다움을 시각적으로 활용할 수 있다는 편리함 덕분일지도 모르고, 서양인들이 미술에 대해서 품고 있는 낭만적인 감성을 반영하는 건지도 모른다.

브라이언 드 팔마Brian De Palma 감독이 히치콕Hitchcock 감독에 대한 오마주homage를 가득 담아 만든 영화 〈Dressed to Kill〉(1980)에서, 일탈을 꿈꾸는 여주인공 케이트Kate(앤지 디킨슨Angie Dickinson 분)는 미술관에서 시간을 보내다가 매력적인 남자와 마주친다. 추파도 던져보고 장갑도 슬쩍 떨어뜨려 보지만 남자는 별다른 반응을 보이지 않는다. 남자를 뒤쫓아 미술관을 나간 그녀는, 결국 자동차 안에서 끈끈한 정사를 갖는다. 뉴욕 메트로폴리탄 미술관The Metropolitan Museum of Art이 배경인데, 촬영 허가가 나지 않아 정작 촬영은 필라델피아 미술관Philadelphia Museum of Art에서 했다는 뒷이야기가 있다. 얼핏 들으면 뉴욕 메트로폴리탄 측이 엄숙하게 군 것처럼 보일 수도 있겠지만, 사실은 뉴욕 메트로폴리탄 미술관은 거의 로맨틱 영화 전용 미술관이라고 해도 과언이 아니다.

〈When Harry Met Sally〉(1989)에서도 주인공들이 뉴욕 센트럴파크에서 즐기던 데이트는 메트로폴리탄 미술관으로 자연스럽게 이어진다. 〈The Thomas Crown Affair〉(1999)에서 느끼하면서도 우아한 그림도둑 토마스Thomas(피어스 브로스넌Pierce Brosnan 분)는 메트로폴리탄 미술관에서 모네Monet의 그림을 훔쳐내고 보험수사관 캐서린Catherine(르네 루소Rene Russo 분)과 연애도 한다. 이 영화는 동명의 1968년 영화의 리메이크인데, 원작에서 스티브 맥퀸Steve McQueen은 미술관이 아니라 은행을 털었다.

지적 풍자를 자주 일삼는 우디 앨런 영화의 주인공들은, 거의 홍상수 영화의 주인공들이 여관을 드나드는 것만큼이나 자주 예술품 주변을 맴돈다. 〈Manhattan〉(1979)에서 어린 연인을 데리고 구겐하임 미술관The Guggenheim Museum을 방문한 아이작Isaac(우디 앨런 분)은 친구의 애인인 메리Mary(다이앤 키튼Diane Keaton 분)와 작품을 두고 허영심 가득한 논쟁을 벌인다. 그리고 이 두 사람은 휘트니 미술관The Whitney Museum of American Art에선 어느덧 연인 사이가 되어 있다. 〈Match Point〉(2005)의 불륜의 남녀 주인공은 런던의 테이트 모던Tate Modern 미술관에서 재회하고, 〈Vicky Cristina Barcelona〉(2008)의 두 주인공은 바르셀로나의 미술관에서 우연히 마주친다. 우디 앨런의 미술관은 지식인의 가식적인 허영을 상징하는 장소처럼 보인다.

　미술관이 좀 더 비중이 큰 역할을 맡는 영화들도 있다. 에이드리언 라인Adrian Lyne 감독의 〈Nine 1/2 Weeks〉(1986)의 여주인공 엘리자베스Elizabeth(킴 베이싱어Kim Basinger 분)는 뉴욕 소호에 위치한 미술관 큐레이터다. 이혼녀인 그녀의 직업은 아름다움을 감식하는 일이다. 그녀 앞에 아름다운 남자 존John(미키 루크Mickey Rourke 분)이 등장한다. (이 꽃미남이 훗날 아이언맨Iron Man을 괴롭히는 악당 역할을 할 만큼 망가져 버릴 줄 누가 알았으랴!) 그녀가 그와의 격정적이면서도 다소 변태적인 사랑에 빠져들 무렵 등장하는 그림들은 어두운 분위기의 반추상화들이다. 그녀가 화랑에서 전시하고 판매하는 그림들이다. 그런 그녀가 존과의 관계에 회의를 느끼는 계기는 자연주의풍의 노화가 판스워즈Farnsworth 씨의 작품을 접하게 되는 시점과 겹친다.

　에쿠니 카오리와 츠지 히토나리의 소설을 영화화한 〈냉정과 열정 사이〉(2001)에서 주인공 준세이는 부잣집 아들이지만 이탈리아로 건너가 박물관의 고미술 작품을 복원하는 일을 한다. 그가 미술품 복원작업에 매달리는 건 그의 섬세한 성격을 드러내는 것 이상으로 상징적이다. 그는 새로운 사랑을 찾아나선 사람이 아니라, 학창시절의 첫사랑을 잊지 못한 채로 오늘이 아닌 어제에 살고 있는 남자이기 때문이다. 결국 피렌체의 산타 마리아 델 피오레 성당Cattedrale di Santa Maria del Fiore 꼭대기에서 그는 옛사랑을 '복원'하는 데 성공한다. 과연 사랑은 위대하고 위험한 모험이다.

하지만 미술품을 가장 위험천만한 모험 속으로 내몬 영화를 찾는다면 〈Bean〉(1997)을 꼽아야 하지 않을까. 미스터 빈은 영국 내셔널 갤러리The National Gallery의 직원이다. (어떻게 그가 직원이 되었는가는 묻지 말라.) 짐작하다시피 그는 미술관의 골칫거리여서, 미술관측은 휘슬러Whistler의 걸작 '휘슬러의 어머니'Whistler's Mother를 미국에 순회 전시하는

120

친구가 이런 편지를 보내왔다. "박물관은 별로 잘 안 가는데 미술관은 자주 가는 편이다. 미술관은 사실 미술품을 보러 가기보다 미술관 건물을 보러 가는 편이다. 조명, 습도, 채광, 장소를 이용하는 가격, 의자 벤치의 쾌적함 등 뭘로 봐도 데이트 장소로 그만이다. 특히 인기 있는 미술관의 화장실은 몹시 기능에 충실하고 단순하기 이를 데 없이 만들어져 있어서 아주 그만이다. 음악회에 가서 음악 이야기를 하면 했지, 미술관에 데려가서 미술 이야기를 하게 되면 이상스럽게 속되게 느껴질 때가 많다. 왠지 미술관에 가서는 창문으로 햇빛 들어오는 거 봐라, 뭐 이런 이야기를 해야 적당할 것 같다."

일을 맡겨 출장을 보낸다. 미국에서
그는 다양한 사고를 저지르는데, 압
권은 휘슬러의 그림을 망가뜨리는
장면이다. 그가 재채기를 한다. 분비
물이 그림에 튄다. 그는 그걸 닦아내는데 웬걸, 물감이 함
께 묻어 나온다. 그걸 감추려고 그림을 옮기다 액자가 부서
진다. 약품으로 손상된 부분을 닦아내다가 초상화의 얼굴
이 지워진다. 결국 그림은 ─ 미스터 빈의 손을 거치는 다
른 모든 것처럼 ─ 철저하고 처절하게 파괴된다.

이 멍청한 파괴행각을 능청맞게 연기한 로원 앳킨슨Rowan
Atkinson은 정작 옥스포드 대학교 퀸스 칼리지를 졸업한 수
재다. 이 영화의 감독 멜 스미스Mel Smith도 옥스포드 동문이
다. 수재들이 만든 바보 영화라는 뜻이다. 이 영화의 촌철
살인을 이해하려면 왜 하필 휘슬러의 작품을 소재로 삼았
는지 이해할 필요가 있다. 미국 태생 화가인 제임스 에벗
맥닐 휘슬러James Abbott McNeill Whistler(1834~1903)는 주로 유럽에
서 활동했지만, 고향인 미국과 유럽을 이어주는 가교 역할
도 했기 때문에, 미국 미술의 수준이 당대의 유럽미술과 같
은 반열에 있었다고 믿고 싶어하는 미국인들에게 각별히
소중한 작가다. 특히 영화에서 만신창이가 되고 마는 '휘
슬러의 (또는 화가의) 어머니'는 그의 대표작이면서 1934
년 미국정부가 이 그림으로 우표를 발행했을 만큼 미국인

들이 널리 알고 애정을 느끼는 작품이다. 이런 배경을 알고 나면, 미스터 빈이 골려먹은 미국관객들이 느꼈을 서스펜스와 스릴이 더 잘 이해된다. 다시 한 번 말하지만, 박물관과 미술관은 소장품의 아름다움과 값어치를 이해할 수 있을 정도의 사전 지식과 연관 짓지 않고 상상하기란 어려운 곳이다. 짓궂은 코미디에 등장하더라도 말씀이다.

# 자랑스런 대한민국?

인생은 재미있다. 내가 영화에 관한 글을 써서 책을 내겠다는 야무진 생각을 처음부터 가졌던 건 아니었다. 그저 좋아서 영화를 봤고, 본 영화가 많아지니까 헛갈려서 대학시절부터 습관처럼 조금씩 메모해두었을 뿐이다. 일껏 돈 내고 영화를 봤는데 지나고 나면 그런 영화를 봤다는 사실까지 까맣게 잊어버리는 게 억울했기 때문이다. 그러다 인도네시아에 머무는 동안 우연한 계기로 이왕 썼던 글을 교민 잡지에 싣게 되었고, 이왕 잡지에 낸 김에 〈포브스 코리아〉라는 월간지에 연재하기에 이르렀다. 그게 모여서 책이 나오고 나니, 가끔씩 영화 이야기에 관한 원고 요청이나 심지어 강연 요청이 들어오곤 한다. 예상치 못한 일이었다. 그리고 언감생심, 영화 이야기로 책을 두 권씩이나 내게 되었으니, 인생이 재미있지 않은가.

서울에 있을 때, 더북컴퍼니라는 잡지사를 통해 산업은 행 소식지에 영화를 소개하는 경험을 가졌다. 잡지사에서 그 달의 주제를 정해주면 내가 거기 어울리는 영화를 추천 해 주는 코너였다. 기사에 흥미를 느끼는 독자가 DVD 대 여점 등을 통해 찾아보기 너무 어려운 영화는 곤란하다는 조건이 있었다. 이를테면, '아이디어, 성공의 창공을 날다' 라는 주제를 받으면 〈Tucker〉, 〈Big〉, 〈Tampopo〉 같 은 영화를, '나눔의 첫걸음, 용기'라는 주제로는 〈Painted Veil〉, 〈Erin Brockovich〉, 〈Dangerous Minds〉를, '문 화, 변화하기에 존재한다'라는 주제에는 〈All That Jazz〉, 〈Bird〉, 〈Pollack〉을 추천하는 식이었다. 그러던 어느 날, 담당기자로부터 연락이 왔다.

> "이번 호 주제는 '나의 사랑, 자랑스러운 대한민국'이에
> 요. 다음 주까지만 추천해 주시면 돼요."
> "그러죠. 생각을 좀 해보겠습니다."

자신 있게 대답을 하고 출퇴근 길 지하철 속에서 영화들을 꼽아보기 시작했다. 그런데, 어라? 마감일이 코앞으로 다가 오는데도 추천할 영화를 고를 수가 없었다. 너무 오래되거나 찾기 어려운 영화는 안 된다니, 〈빨간 마후라〉나 〈돌아오지 않는 해병〉을 추천할 수도 없고, 허술한 구성에 치기 어린

국수주의적 발상을 담은 〈한반도〉 같은 영화를 추천할 수도 없는 노릇이었다. 〈우리 생애 최고의 순간〉이나 〈국가대표〉를 생각해 봤지만, 이 영화들은 자랑스러운 대한민국 공동체에 관한 영화라기보다는 '대한민국의 멸시와 냉대에도 불구하고' 이루어진 인간승리를 담고 있었다. 주변의 친구와 동료에게 조언을 구했지만, 결국 적당한 영화를 단 한 편도 찾아내지 못했다. 잡지사에 전화해서 미안하다고, 이번엔 추천작을 찾지 못했다고 말했다. 다음날, 기자로부터 다시 전화가 왔다.

"정말 제가 생각해봐도 적당한 영화가 없더군요. 그럼, 대신 '국제영화제에서 대한민국을 빛낸 영화'로 해보죠."

상 받은 영화라면야 얼마든지. 결국 그 달의 잡지에는 〈달마가 동쪽으로 간 까닭은〉, 〈취화선〉, 〈빈 집〉, 이렇게 세 편의 영화를 소개했다. 자랑스러운 대한민국이라… 평소에 잘 생각해보지 않던 문제인데, 아무리 그래도 그렇지, 단 한 편도 추천할 수 없었다는 건 새삼스러운 충격이었다. 좀 생각해볼 문제였다.

60년대 중반까지 한국영화는 다른 어느 아시아 국가에 못지않은 수준을 자랑하고 있었다. 그러다가 군사정권의 검열과 권위주의적 문화정책이 펼쳐지고, 한국영화는 물을 안 준 화초처럼 시들어간다. 대한민국 영화는 〈바보들의 행진〉처럼 일탈을 통한 암시적 저항이거나 〈영자의 전성시대〉 같은 선정주의적 배설의 수단이 되고 만다. 지금이라면 B급 에로물 대여점에서나 볼 수 있을 법한 영화가 마구 양산된다. 주인공들은 한결같이 억압받고, 불우하고, 따라서 우울하다. 우리는 그러면서 80년대 말 민주화를 맞았고, 표현의 자유를 얻었다. 예전의 좌절감에 대해서 한풀이를 하겠다는 듯이, 대한민국 영화계는 과거를 부정적으로 묘사하는 영화들을 쏟아내기 시작한다. 문제는, 과거에 대한 재정의가 바람직한 현재나 미래에 대한 조망으로 이어지지 못했다는 데 있다.

　〈JSA 공동경비구역〉은 튼튼한 영화적 짜임새에도 불구하고, 대한민국이라는 체제의 뿌리와 현실을 몹시도 부끄럽게 여기는 영화다. 야수적 에너지를 분출하며 삶의 의지를 보여주는 북한군 하전사(송강호)에 비해, 대한민국 군복을 입은 청년들은 부끄러움을 견디지 못한 나머지 하나는 자살하고, 하나는 실성한다. 표현은 자유로워지고 매끄러워졌지만, 우리 영화의 주인공들은 여전히 70년대처럼 자신이 속한 공동체와 화해하지 못하고 있었다. 〈박하사탕〉을 봤다. 이 영화는 시간이 거꾸로 흐르는 기법을 통해 한 사나이의 삶이 무너진 인과관계를 추적하는데, 그 뿌리에는 광주사태가 있다. 마치 이 영화는 주인공의 비참한 말로

가 광주사태 때문이었다고 말하고 싶어 하는 것 같다. 정작 가구점 사장 노릇을 하면서 호황을 누릴 때는 바람을 피우고 함부로 지내다가 궁핍해지자 '돌아가고 싶어'라며 자살해 버리는 주인공처럼, 이 영화는 원망을 담았을 뿐, 반성을 담고 있지는 않다. 광주사태가 결코 되풀이되어서는 안 될 불행한 역사라는 사실과, 그것을 겪은 사람이 자신의 모든 문제를 거기에 전가하는 것은 전혀 다른 문제다. 그런 식의 책임전가는, 불행을 극복하고 치열하게 삶을 살아가려는 사람들의 진지한 노력에 대한 조롱이고 모독이다.

오늘은 많은 어제가 쌓여서 이루어지는 법이라던가. 우리 영화의 정서는 대한민국이 엄청난 경제발전과 민주화를 이루고 난 뒤에도 70년대처럼 억압받고, 불우하고, 따라서 우울하다. 경박한 코미디 영화들을 제외하면 대체로 그렇다는 말이다. 불특정 다수를 증오하고, 남을 탓하며, 냉소적인 자조를 일삼는 영화가 너무나 많다. 해외에서 〈올드보이〉 식의 폭력을 한국영화의 독특한 양식으로 인식하게 된 것은, 결코 〈올드보이〉 혼자만의 성취가 아닌 것 같다. 〈친절한 금자씨〉나 〈바람난 가족〉은 이웃과 중산층을, 사회를, 우리 공동체를 대책 없이 미워한다. 〈태극기 휘날리며〉나 〈웰컴 투 동막골〉은 우리 부모 세대가 목숨 바쳐 지켜낸 체제의 가치에도 냉소를 보낸다. 영화가 진지하면 할수록, 주인공들은 공동체의 안녕에는 무관심하고 사적인 불운과, 슬픔과, 복수를 향해 치닫는다.

정말 그럴까? 이렇게까지 비관적으로 볼 필요가 있을까? 스스로를 위안해 보고 싶었다. 마치 "꽁트는 꽁트일 뿐, 오해하지 마시길"이라고 외치는 유재석의 말처럼, 영화들이 좀 그렇다고 해서 우리 사회가 실제로 불우해지는 건 아니지 않을까? 또는, 영화라는 매체가 비판적인 기능을 수행하는 것이 건강하고 자연스럽지, 영화를 무슨 체제 선전의 도구처럼 만들어서야 곤란하지 않을까?

미국 영화를 생각해봤다. 미국도 영화계는 소위 리버럴 liberal들이 장악하고 있어서 좀처럼 정부 선전물 같은 영화가 양산되진 않는다. 하지만 할리우드는 정부를 비꼬고 비판하더라도, 공동체에 대한 자부심과 신뢰를 잃는 법은 없다. 〈Erin Brokovich〉는 미국 공해산업과 정치의 유착을 폭로하는 영화지만, 잘못을 바로잡으려는 노력이 보상받는 미국의 체제에 대한 찬가이기도 하다. 최전선 부대 안에서 벌어진 추악한 살인사건과 그것을 덮으려는 군당국의 음모를 파헤친 〈A Few Good Men〉 같은 영화도, 그걸 보고 극장 문을 나서는 사람들이 느끼는 것은 미국적 가치에 대한 회의와 실망이 아니라 자부심과 신뢰다. 냉혹한 자본주의 질서 때문에 아이를 데리고 길거리에 나앉은 흑인의 고생담을 그린 〈The Pursuit of Happiness〉의 주인공은 둘이다. 재기에 성공하는 흑인남자와 그런 재기를 가능케 하는 체제. 예를 들자면 한도 끝도 없겠고, 예를 더 들 필요도 없겠다.

　김희갑의 〈아름다운 팔도강산〉 같은 영화를 만들자는 이야기가 아니다. 정치색 짙은, 대한민국의 헌법질서를 찬양하는 영화가 필요하다는 뜻도 아니다. 그런 건 그만두고, 우리 영화도 국민 개개인이 어울려 살아가면서 함께 이루고 있는 공동체에 대한 믿음과 사랑을 표현할 줄도 알아야 마땅하다는 이야기일 뿐이다. 외국을 돌아다니다 보면, 우리나라 사람들이 지난 수십 년간 참으로 위대한 성취를 이루었다는 사실이 분명하게 보인다. 그런데 외국의 친구들에게 추천해야 하는 한국 영화들은 정작 대한민국 공동체를 자랑스러워하기는커녕, 증오하거나 수치스러워하고 있다. 나와 내 이웃이 이루고 있는 우리의 공동체가, 정말로 그렇게 불의하고 부당하고 부끄럽고 추악하기만 한가? 공동체 구성원들에게 공동체에 대한 미움과 수치심을 주입하는 영화는, 자기가 비판의 대상으로 삼은 어떤 모순 못지않게 우리 삶에 해를 끼치는 게 아닐까? 영화는 종합예술이기도 하지만 대중이 소비하는 상품이기도 하므로, 어느 쪽으로 치우친 편견도 사회적으로 해롭다.

　사랑을 받을 만한 공동체가 사랑받는 게 아니라, 사랑받는 공동체만이 사랑을 받을 만한 공동체가 되는 법이다. 우리 스스로를 위해서가 아니라면 우리 후대를 위해서라도,

비판과 비난은 다르다. 언제나 그런 건 아닐 테지만, 하는 게 쉬우면 비난이고 뭔가를 각오해야 할 수 있다면
비판일 가능성이 많다. 자기와는 전혀 무관한 일처럼 느껴진다면 비난이고, 남의 일 같지 않은 이야기라면 비
판일 가능성이 크기도 하다. 우리 공동체의 어두운 모습을 그리면서 남 이야기를 하듯 아무런 아픔을 보이지
않는 영화는, 자기가 비난하려는 대상보다 더 큰 병에 걸려 있을 가능성이 크다.

우리는 우리가 속한 공동체에 대한 신뢰와 자부심을 지금
보다는 좀 더 가져도 좋을 것이다. 우리는 그래도 좋을 만
큼 먼 길을 힘들게 걸어왔다. 오늘의 대한민국은 누구 한
사람이 만든 게 아니다. 무책임한 해외언론이라면 모를까,
우리 중 누구도 우리의 공동체를 반성 없이 질책하고 저주
할 자격은 없다. 잡지사의 부탁을 들어주지 못하면서 나의
머릿속을 맴돌던 생각이다.

"너는 완벽한 남자가 아니야. 네가 만난 그 여자도 완벽하진 않지.

중요한 건, 너희 둘이 서로에게 완벽하게 어울리느냐 하는 점이야."

You're not perfect sport, and let me save you the suspense, this girl you met,

she isn't perfect either. But the question is whether or not you're perfect for each other

– 〈Good Will Hunting〉 중에서

## 영화로 말하는 사랑

사랑은 시詩지만, 일상은 산문散文이다.

이 둘을 어떻게 섞어서 쓰느냐가 우리 인생의 무게와 질감을 결정한다.

서로 다른 두 사람의 공동작업이므로,

사랑의 의도는 언제나 찬란하지만 일상 속에 드러난 결과는 언제나 마음 같지 않다.

사랑에서 파생되는 현실적인 문제들에 관해서도, 영화는 풍성한 논점을 제공한다.

# 사랑을 지우는 것은 시간이 아니다
The Way We Were (1973)

〈The Way We Were〉는 〈Out of Africa〉(1985)로 아카데미 감독상을 수상한 시드니 폴락Sydney Pollack 감독의 1973년 영화다. 그런데 이 영화가 과연 얼마만큼 폴락 감독의 작품이냐를 따지면 좀 개운치 못한 부분도 있다. 원래 영화의 줄거리는 아더 로렌츠Arthur Laurents의 창작대본에서 태어났기 때문이다. 로렌츠는 코넬Cornell 대학 재학 시절 자신이 겪었던 실화에 바탕을 두고 각본을 완성한 다음 감독을 물색했다. 그런데 대본을 받아 든 폴락은 로렌츠와 연락을 끊고 대본에 많은 수정을 가했다. 당연히 로렌츠는 격분했고, 완성된 영화를 보고 나서 혹평했다.

여기까지만이라면 영화판에서 흔한 일화랄 수도 있겠다. 그러나 이 영화가 많은 사람의 기억에 남을 만큼 특색

이 있으면서도 정작 아카데미에서 주제가상과 음악상 밖에 건지지 못했다는 점과, 개봉 당시 전문가들의 평이 생각보다 야박했다는 점, 그리고 무엇보다 폴락 감독 자신이 영화를 잘 만들지 못했다고 시인하면서 자신의 책임을 인정한 점 등을 생각하면 아쉬움이 좀 더 커진다. 감독과 작가가 잘 협조해서 만들었다면 더 나은 영화가 되지 않았을까? 어쨌든 지금도 〈The Way We Were〉는 영화보다 주제가가 더 유명한 것이 사실이니까.

영화는 1930년대 대학 캠퍼스에서 시작한다. 유태인이고 자칭 마르크스주의자인 여학생 케이티Katie(바바라 스트라이샌드Barbra Streisand 분)는 매사에 의견도 분명하고, 반전운동 같은 정치적 활동에도 열심이다. 미국식 운동권 여학생인 셈이다. 척 봐도 백인 주류사회의 대표선수처럼 생긴 허블Hubbell(로버트 레드포드Robert Redford 분)은 정치에 별 관심이 없다. 그는 그녀의 열정적인 태도에 호감을 느끼고, 그녀는 그의 글솜씨가 멋지다고 생각한다. 둘은 짧은 데이트를 한다. 그들이 다시 만나는 것은 제2차 세계대전 끝 무렵이다. 해군 장교복을 입은 로버트 레드포드는, 짐작하다시피, 학창시절보다 멋져 보인다. 둘은 사랑에 빠지고 결혼한다. 그러나 결혼한다고 사람이 변하지는 않는다. 그녀로서는 정치에 무관심하고 속물스러운 그와 그의 주변 사람들이 싫고, 그는 아무나 붙들고 자꾸 다투곤 하는 그녀의 올곧은 성정이 부담스럽다.

그래도 두 사람은 잘 해 보려고 노력한다. 그는 할리우드에서 각본작가로 입문하고, 그녀는 살림에 전념한다. 그러나 할리우드가 매카시즘McCarthyism의 파도에 휩싸이자 케이티는 참지 못하고 비판의 목소리를 높이고, 그로써 허블의 일자리를 위태롭게 한다. 결국, 한심한 남자와 부담스러운 여자는 헤어진다. 여러 해가 흐른다. 뉴욕의 어느 호텔 앞에서, 케이티는 시위전단을 배포하고 있다. 반전이었는지 반핵이었는지 잘 생각나지 않지만 그건 중요치 않다. 반전반핵 같은 것이 아니었다면 그녀는 금연운동이라도 하고 있었을 사람이니까. 등 뒤에서 낯익은 남자의 목소리가 들린다. "절대로 포기는 안 하는군." 그녀가 돌아보니 바바리 깃을 세운 허블이 서 있다. 둘은 짧은 인사를 나누고, 헤어진다.

〈The Way We Were〉의 관객이 기억하는 것은 이 마지막 장면뿐인 경우가 많다. 서로의 매력과 장점을 누구보다 잘 이해하고 사랑하면서도 서로에게 가장 많은 상처를 준 두 사람이 아쉬운 표정으로 포옹하고 애써 미소 지으며 아픈 마음을 감추던 명장면. 이 영화는 이것만으로도 '추억의 명화' 반열에 오를 자격을 얻었다. 레드포드와 스트라이샌드가 잘 어울리는 배우였던 것은 아니다. 서로에게도, 배역에도. 그들의 연기가 빼어났던 덕분도 아니다. 다만 사랑에 실패한 남녀가 아름다웠던 추억과 회한을 짧은 순간 공유하는 이 장면의 설정이 관객의 가슴속 통점을 건드리는 데 성공했기 때문이다. 정확한 우리말 번역이 불가능한 〈The Way We Were〉라는 제목이 이런 아픔을 잘 담고 있다. 이 영화의 나머지 부분은 제목과 라스트 신을 위해 존재하는 군더더기라고 해도 과언은 아니다.

어딘가 〈The Way We Were〉를 떠올리게 만드는 다른 영화도 있다. 〈Waking the Dead〉(2000)의 두 주인공이 그러하다. 필딩Fielding(빌리 크러덥Billy Crudup 분)은 정치적 야심을 가진 해안경비대 장교이고, 사라Sarah(제니퍼 코넬리 Jennifer Connelly 분)는 목숨을 걸고 소외된 사람들을 옹호하는 운동가다. (이 영화를 기점으로 제니퍼 코넬리는 '예쁜 소녀' 역할을 졸업하고 진지한 배우로 변신한다.) 케이티와 허블처럼, 필딩과 사라 역시 서로를 사무치게 사랑하면서 서로를 힘들게 만든다. 그는 정치가가 되어 세상을 좀 더 낫게 만들고 싶어하고, 그녀는 직업정치인이 되는 것이 썩 어빠진 체제의 하찮은 부속품이 되는 짓이라고 믿는다. 정치 얘기를 나누지 않는 한, 필딩과 사라는 천생연분처럼 보인다. 그러나 사람의 삶에서 정치를 증발시켜 버릴 수는 없다. 이 영화가 〈The Way We Were〉와 다른 점이 있다면, 여배우가 자기 자신이 아닌 배역을 잘 연기해 낸다는 점, 그래서 둘의 사랑이 더 설득력이 있다는 점, 여자가 죽고 남자는 그 충격으로 자기 정신이 온전한지 의심하게 되는 결말이라는 점 정도다.

이 두 영화는 체제 순응적인 유능한 남성과 의식 있는 운동권 여성이 사랑에 빠졌다가 고통을 받는다는 외견상의 설정 말고도 중요한 공통점을 지녔다. 그것은 네 사람다 자기가 감당하지 못한 사랑의 상흔을 치유하지 못한다는 점이다. 케이티와 허블이 서로에 대한 사랑을 지나간 추억으로 치부하려 하지만 그러지 못한다는 사실은 〈The

Way We Were〉의 관객들에게 명백해 보인다. 그래서 마지막 장면이 그토록 유명한 거다. 자기가 필딩의 배필이 될 수 없음을 잘 알았던 사라와, 사라의 죽음 이후에도 그녀의 환영을 거리에서 목격하는 필딩에게도 흐르는 시간이 위안이 될 수는 없었으리라.

유능해 보이지만, 시간은 실상 아무 것도 해결하지 못하고, 아무 것도 치유하지 않는다. 어떤 일을 마치 없었던 것처럼 위장할 수 있도록 만들어 주는 건 시간이 아니라, 사람의 허술한 기억력이다. 그건 섭리가 아니라 선택의 문제다. 자기 의지로 잊으면서 불가항력이라고 변명하고 싶을 때, 우리는 애꿎은 시간의 능력을 칭송한다. 하긴 기억하기 싫은 일을 선택적으로 잊는 능력이 사람마다 다르기는 하다. 좋겠다. 시간이 다 해결해 준다고 말할 수 있는 사람들은.

# 사랑은 끔찍한 존재들의 결합이다
You Call It Love (1988)

'좋은 저녁입니다.'Bonsoir 내가 인사를 건넸다.

소피 마르소Sophie Marceau가 미소 지으며 대답했다. '고마

워요.'Merci

141

1993년 서울. 열네 살 때 이미 〈La Boum〉(1980)으로
세계적 스타덤에 올랐던 소피 마르소는 미테랑Mitterrand 프
랑스 대통령 방한 대표단에 문화계 인사로 포함되어 있었
다. 당시 프랑스는 우리나라에 고속전철 기술을 세일즈하
기 위해 총력전을 기울이고 있었다. 미테랑 대통령은 루브
르Louvre가 소장한 외규장각 도서 중 (비록 한 권이지만) '휘
경원원소도감의궤'徽慶園園所都監儀軌라는 고서적까지 영구임대
형식으로 반환했다. 대전 엑스포를 방문한 미테랑 대통령
일행을 구름떼 같은 인파가 쫓아다녔다. 물론 소피 마르소

를 구경하려는 사람들이었다. 당시 나는 공식만찬 행사를 담당한 의전과 직원이었는데, 만찬장 입구에서 소피 마르소에게 명찰을 건네며 그녀의 눈웃음에 전율을 느끼던 기억이 생생하다. 그녀도, 나도 스물일곱 살이었다.

그녀의 스물두 살 풋풋하고 팔팔한 시절을 감상할 수 있는 영화가 있다. 국내에는 주제가의 가사를 그냥 따서 〈You Call It Love〉라는 제목으로 알려졌지만 원제는 〈여학생〉L'etudiante이다. 교사인 발랑띤Valentine(마르소 분)은 소르본느Sorbonne 대학에서 교수 자격시험을 준비 중인 처녀다. 팝 음악 연주자 겸 작곡가인 에두아르Édouard(뱅상 린든Vincent Lindon 분)는 이혼남이다. 스키장에서 만난 두 사람은 사랑에 빠진다. 그는 그녀에게 노래를 만들어 바치기도 한다. (80년대의 말랑말랑한 전자음악을 요즘 듣자면 그냥도 손발이 좀 오그라들긴 한다.)

문제는 서로 만날 시간이 통 없다는 거다. 그녀는 교사일과 공부에 밤낮으로 치어 산다. 그는 자기 밴드와 함께 온 지방도시를 순회하며 공연을 하고, 모처럼 파리에 와도 녹음작업에 쫓긴다. 이 둘은 필사적으로 서로의 휴식시간을 맞춰가며 전화로 연애를 한다. 핸드폰이나 문자는커녕, 이메일도 없는 시절의 장거리 연애는 눈물겹게 고단하다.

셋집의 전화를 다른 사람이 계속 사용하자 그녀는 한밤중에 비를 맞으며 공중전화로 뛰어가기도 하고, 그는 공연 도중 막간에 무대 뒤에서 전화를 받지 않는 그녀를 향해 애태우기도 한다. 이들은 전화를 기다리느라 밤을 지새우기도 하고, 어쩌다 서로의 일정이 허락하면 인근 도시에서 부리나케 만나 짧은 밤을 하얗게 불태우기도 한다.

핸드폰이 범람하는 시대에 이 영화를 돌이켜보면 좀 복잡한 감상에 젖는다. 핸드폰이라는 문명의 이기는 얼마나 우리의 의사소통을 손쉽고 편리하게 만들었는가. 그러나 동시에, 우리의 의사소통은 그만큼 값싸고 안일하게 변한 건 아닐까. 한시도 안 보면 못 견딜 것만 같은 연인들에게조차, 핸드폰이라는 물건은 서로에게 지나친 간섭을 허락하고 있는 건 아닐까. 다행인지 불행인지 '공중전화의 시대'에 연애를 졸업한 나로선 답을 알 길이 없지만, 상대방과 나 사이에 자제력 말고는 다른 물리적 금제가 없다면 로맨스는 훨씬 덜 로맨틱해진다고 봐야 하지 않을까? 근래에 화제가 되었던 아이폰의 앱 중에는 연인들 간에 상대방에게 전화를 걸기만 하면 상대방의 현재 위치를 지도상에 표시해 주는 것도 있다. 이쯤 되면 로맨스가 아니라 강박적 편집증상이라고 봐야 할 것 같다.

소피 마르소는 상점 점원인 엄마와 트럭 운전사인 아빠 사이에서 1966년 태어났다. 레스토랑에서 아르바이트를 하면서
집안 살림을 돕던 그녀가 열네 살 되던 해, 모델 기획사가 그녀의 사진을 찍어 주역배우를 찾고 있던 〈La Boum〉의 감독
에게 보여주었다. 프랑스 영화의 국제적 영향력이 예전만 못한 요즘, 프랑스인으로는 몇 되지 않는 세계적 스타의 하나
가 그렇게 탄생했다.

누가 봐도 참 용하다 싶은, 힘겨운 연애를 지속하던 두 사람은 결국 스트레스를 이겨내지 못하고 심하게 다툰다. 남자는 오래 공들이던 영화음악 작곡가로서의 데뷔를 퇴짜 맞은 즈음이었고, 여자는 마지막 구두시험을 앞두고 소화불량과 불면에 시달리던 와중이었다. 한 바탕 다툰 뒤, 에두아르는 발랑띤이 며칠째 앓던 몸으로 시험장에 갔다는 사실을 알고 그리로 달려간다. 시험장에서 그녀는 교수들 앞에 앉아 마치 재판정에 선 피고처럼 스스로를 방어해야 한다. 그녀에게 주어진 과제는 '몰리에르Molière의 〈인간 혐오자〉Le Misanthrope가 희극이냐 비극이냐'를 논증해야 하는 것이다.

교수들 앞에서 감정적으로 흔들리면서 아슬아슬하게 눈물을 보이기도 하던 발랑띤은 조금씩 자신감을 되찾더니 자신의 연애경험을 예로 들어가면서 몰리에르를 논한다. 내가 교수라면 높은 점수를 주긴 어려웠을 것 같긴 하지만, 어쨌든 그녀는 알프레드 드 뮈세Alfred de Musset의 작품 〈사랑으로 장난하지 말라〉On ne badine pas avec l'amour 중 일부를 암송하면서 열변을 토한다. 이 내용은 시험장에 멋쩍게 들어선 에두아르를 향한 변함없는 애정의 고백이기도 하고, 이 영화의 주제이기도 하다.

"모든 남자는 거짓되고, 지조 없고, 불성실하고, 수다스 럽고, 위선적이며, 교만하고, 비겁하고, 비열하고, 쾌락 을 쫓아다닌다. 모든 여자는 믿을 수 없고, 교활하고, 허 영심에 들떴으며, 의심 많고, 부도덕하다. 세상은 흉측 한 짐승들이 진흙탕에서 비틀거리며 기어 다니는 바닥 없는 하수구에 지나지 않지만, 그런 세상에서 성스럽고 숭고한 한 가지가 있다면, 그것은 그다지도 불완전하고 끔찍한 두 존재의 결합이다."

이 영화는 그녀가 시험에 붙었는지 떨어졌는지까지는 보여주지 않는다. 시험이 끝난 뒤 교정에서 만난 두 사람이 환한 얼굴로 서로를 포옹하면서, 캐롤린 크루거Karoline Krüger 가 부른 주제곡 'You Call It Love'가 흘러나온다. 맞다. 사 랑은 불완전하고, 심지어 끔찍하기조차 한 존재들의 결합 이다. 그렇기 때문에 비로소 사랑은 의미 있는 것일 터이 다. 물론, 서로의 미진함을 감싸고 감당하려는 짝들에게만 그렇다. 불완전하고 끔찍스런 존재들의 결합이 다 사랑인 건 아니니까.

# 사랑은 결혼이 아니다

The War of the Roses (1989)

영어 제목만 보면 〈The War of the Roses〉는 15세기 잉글랜드에서 랭카스터Lancaster 가문과 요크York 가문 간 30년 넘도록 피비린내 나게 싸웠던 장미전쟁을 떠올리게 한다. 전쟁에서 이긴 랭카스터 가문의 헨리 튜더Henry Tudor는 이후 116년간 영국을 지배한 튜더 왕조의 시조가 되었다. 이 전쟁을 제목으로 패러디한 〈The War of the Roses〉는 미국에 사는 로즈Rose 씨 내외의 막장 부부싸움을 그린 블랙 코미디다.

한 영화에서 인상적인 이미지를 구축한 배우들이 짝을 이루어 다른 영화에 출연하면 관객의 몰입을 방해할 때도 있지만, 과거 이미지의 덕을 보는 경우도 있다. 마이클 더글라스Michael Douglas와 캐슬린 터너Kathleen Turner는

〈Romancing the Stone〉(1984)과 그 속편인 〈The Jewel of Nile〉(1985)에서 티격태격하면서 사랑에 빠진 주인공들이었던 덕분에, 이들이 부부로 출연해서 싸움을 해대는 〈The War of the Roses〉는 어쩐지 해피엔딩으로 끝난 동화의 뒷이야기를 들춰보는 것 같은 아이러니컬한 재미를 준다. 데니 드비토Danny DeVito까지 세 영화에 다 출연한 걸 보면 이건 잘 계산된 캐스팅이 틀림없다.

올리버 로즈Oliver Rose(더글라스 분)는 변호사고 바바라Barbara(터너 분)는 웨이트리스다. 그들은 우연히 만나 사랑에 빠지고, 결혼해서 두 아이를 낳아 기르고, 벼르던 저택도 사들였다. 이들은 누가 보더라도 성공한 부부지만, 세월이 흐를수록 점점 더 서로에게 데면데면하게 함부로 군다. 서로에 대한 불만의 농도도 짙어진다. 어느 날 그는 심근경색 증상으로 병원에 실려 가는데, 그날 밤 그녀는 잠든 그를 깨워 이렇게 말한다. "당신이 죽으면 내가 드디어 자유로워지는구나 하는 생각부터 들더군요. 그런 생각이 든다는 게 겁났어요. 우리 이혼해요." 그러나 집과 재산을 조금도 서로에게 양보할 생각이 없는 두 사람의 싸움은 정말로 도시게릴라 전쟁처럼 폭력적으로 변해간다. 오랜 세월을 함께 보내 서로를 잘 아는 두 사람은 서로 질세라 상대방이 소중히 여기는 물건부터 차례로 박살낸다. 온 집안을 만신창이로 만들고 둘 다 지쳐 숨질 때까지.

전쟁에서 따온 제목이라든지, 마지막 장면에 미 의회 건물이 등장하는 걸 보면, 이 영화의 진의는 정치 풍자에 있는 걸로 짐작된다. (이 사람들, 우리나라 국회를 봤다면 슬래셔 호러물이라도 만들었겠다.) 어쨌든 이 영화가 지금까지 은막銀幕 위에서 벌어진 것 중에서 가장 심하고 악독한 부부싸움을 담고 있는 것만은 틀림없다. (2008년 개봉한 김태희, 설경구 주연의 〈싸움〉도 살벌함에 있어서 버금가지만, 엄밀하게 말하면 이들은 이혼한 상태에서 싸우니까 '부부싸움'이라고 부를 수는 없겠다.) 세상 모든 부부들은 다툰다. 신혼의 설렘이나 열망을 그대로 간직한 채 살아가는 부부는, 감히 단언컨대, 없다. 있다면 비정상이다. 통계로만 보더라도, 갈수록 많은 커플들이, 갈수록 단기간 내에 이혼에 이르고 있다. 이런 게 정녕 사랑의 종착점인가? 정말로 결혼은 사랑의 무덤이란 말인가?

사랑은 결혼이 아니다. 결혼이 곧 사랑인 것도 아니다. 행복한 결혼생활을 위해서는 사랑을 잘 유지하고 숙성시키는 게 큰 도움이 되긴 하지만, 사랑이 식은 것 같다고 해서 결혼생활이 저절로 끝나야만 하는 건 아니다. 누군가를 사랑한다고 해서 그와 반드시 결혼을 해야 하는 것도 아니고, 할 수 있는 것도 아니다. 사랑은 사랑이고 결혼은 결혼이다. 식어버린 사랑이 아쉽다고 결혼생활의 지루함을 원망하는 건 반편 같은 짓이다. 결혼생활이 불행하다고 연애시절의 사랑과 혼인서약을 뉘우치는 것도 비겁하다.

사랑은 교통사고처럼 불시에 오기도 하고, 낙엽처럼 덧없이 시들어버리기도 하지만, 약간의 통증을 인내할 수만 있다면 '사랑해선 안 될 사람을 사랑하는 죄'를 길게 짓지 않을 수도 있고(전혀 짓지 않을 수도 있는지까지는 잘 모르겠다), 약간의 성의만 있다면 꺼져버린 줄로만 알았던 불씨를 되지필 수도 있다(그 불길이 청춘시절처럼 활활 타오를 거라곤 말 못하겠다). 요컨대, 사랑은 감정이기 때문에 선택의 폭이 아주 크지는 않지만, 의지로 좌우할 여지가 아주 없는 건 아니라는 이야기다.

결혼은 다르다. 결혼은 전적으로 선택choice의 문제다. 특히 요즘엔 예전보다 훨씬 더 선택적optional이 되어가는 제도다. 사랑과는 달리, 결혼은 두 사람이 하는 게 아니다. 결혼은 서로 다른 두 집안과 친구 집단, 배경과 관습, 문화와 규칙의 결합이다. 영어로는 결혼을 holy matrimony(거룩한 짝짓기)라고도 부른다. matrimony는 holy한 정도가 아니고서는 성사되고 유지되기 어렵다는 점을 말해주는 표현인지도 모른다. 코미디언 빌 코스비Bill Cosby에 따르면, "결혼한 두 사람이 날이면 날마다 함께 살아가는 것이야말로 바티칸이 여태 간과하고 있는 유일한 기적이다." 우리는 자유를 억지로 빼앗기면 속박이라고 부르고, 자진해서 예속되면 사랑이라고 부른다. 인간은 변덕스러우므로, 그 차이는 생각만큼 크지 않다. 에리히 프롬Erich Fromm이 갈파한 것처럼, 우리는 날마다 예속 속으로 걸어 들어간다. 자

갈등과 실망과 상처가 전혀 없는 부부 사이가 세상에 있을까? 갈등은 대단한 일에서 시작되는 게 아니다. 독설로 유명한 작가 조지 버나드 쇼는 결혼을 일컬어, "창문을 열고 자야 하는 남자와 닫고 자야 하는 여자의 연합"이라고 말했다. 그건 듣기처럼 쉬운 일이 아니다. 영화 〈The War of the Roses〉에도, 로즈 부부의 사이가 왜 저렇게 멀어졌는지에 대한 자상한 설명은 없다. 정작 불길한 것은, 그럼에도 불구하고 두 사람이 싸우는 이유가 그들이 싸우는 방법처럼 억지스러워 보이지는 않는다는 점이다. 세상 모든 부부들에게 행운을 빈다. 행운만으로 충분한 건 아니지만.

진해서. 그건 자유가 무척 외로운 것이기 때문이다. 어쩌면 결혼은 자발적인 자유로부터의 도피Escape from Freedom의 결정판인지도 모른다.

사랑은 결혼을 유지하는 중요한 동력이지만, '제일 중요한' 동력은 따로 있다. 자신의 자발적인 약속을 지키는 성실성이다. 그러므로 결혼은 가장 격정적인 감정을 느꼈던 상대와 하는 것이 아니라, 약속을 지킬 의욕이 나는 상대와 하는 법이다. 나는 후배들에게 되도록 자신과 비슷한 상대방을 배우자로 택하라고 권한다. 금실이 좋은 부부들은 공통적으로 서로를 '친구 사이 같다'고 표현한다. 설령 그렇다 하더라도 전쟁 같은 순간을 전혀 안 겪을 도리는 없는 게 결혼생활이다.

결혼을 인생의 족쇄라고 저주하는 페미니스트나, 결혼이 사랑의 무덤이라고 한탄하는 로맨티스트에게 섣불리 동의하는 건 경솔한 짓이다. 유전자—문화 공진화gene-culture coevolution라는 관점에서 볼 때, 결혼이라는 제도는 장구한 세월에 걸친 양성간의 자발적 거래의 산물임에 틀림없다. 그것은 양성 모두에게 또렷한 생물학적 이득을 갖다 주었고, 무엇보다 자녀들이 안전하게 성장할 수 있는, 가정이라는 요새를 제공했다.

문명은 지금도 빠르게 변하고 있다. 그보다는 조금 느리게 사고방식도 변하고, 문화도 변한다. 그 결과로서 제도도 변화해 갈 것이다. 제도가 사람을 바꾸는 게 아니라 사람이 제도를 바꾸는 것이기 때문에, 그 변화들 사이에는 다소간의 시차가 불가피하다. 사람들이 결혼에 대해 불평하게 된다면, 그건 실상 제도가 현상을 따라잡는 속도에 대해 불평하는 것일 뿐이다. 장차 결혼이라는 제도는 늘어난 여성의 권리와 사회 참여, 그에 따라 여성이 지게 된 이중 부담, 육아에 있어서 가정의 역할 감소, 상대적으로 줄어든 남성의 부양 책임, 늘어난 성적 방종의 기회 등을 반영하며 변천되어갈 것이다. 이미 오늘날의 결혼은 우리 부모 세대에게 결혼이 의미했던 것과 똑같은 걸 뜻하진 않는다.

153

# 사랑은 남자의 소유욕이다

Boxing Helena (1993)

〈Boxing Helena〉는 제니퍼 린치Jennifer Lynch 감독의 데뷔작이다. 그게 누구냐면, 〈Eraserhead〉(1977), 〈Blue Velvet〉(1986), 〈Wild at Heart〉(1990) 등등 괴상스런 영화들을 줄줄이 만들어온 데이빗 린치David Lynch 감독의 딸이다. 〈Boxing Helena〉는 여자 권투선수가 아니다. 헬레나를 상자에 집어넣거나, 심지어 헬레나를 상자 모양으로 만든다는 섬뜩한 뜻이다. 이 영화의 감독이 여자라는 건 이상하지 않다. 페미니스트의 성난 목소리를 노골적으로 담고 있기 때문이다.

닉 캐버너Nick Cavanaugh(줄리언 샌즈Julian Sands 분)는 독신으로 사는 외과의사다. 그는 헬레나(셰릴린 펜Sherilyn Fenn 분)라는 자유분방한 미인에게 홀딱 반했지만, 애정을 고백할 주변머리는 없다. 어느 날 그녀가 그의 집 근처에서 뺑소니 차에 치인다. 떨어진 과일을 줍듯, 부상당한 헬레나를 아무도 몰래 자기 집에 데리고 온 닉은 그녀를 치료하면서 두 다리 절단수술을 감행한다. 목숨을 살리기 위해 어쩔 수 없었다고 말하지만, 어딘가 미심쩍다. 그녀가 계속 그를 조롱하고 냉랭하게 대하자 닉은 헬레나의 멀쩡한 두 팔마저 수술로 절단해 버린다. 헬레나는 닉을 무시하고 미워하는데도, 닉은 팔다리가 잘린 헬레나를 지극정성 보살핀다. 그녀도 결국 외로움을 이기지 못하고 그를 품어준다. 그녀가 마음을 바꾸는 이유가 뭔지는 분명치 않다. 그러다 깨보니까 다 꿈이더라, 뭐 그런 내용의 영화다.

155

솔직히 말하자면, 영화의 전반부에서 전성기의 셰릴린 펜이 보여주는 섹스어필 정도를 제외하면 볼 것도 별로 없는 영화랄 수 있다. 줄리언 샌즈는 〈A Room With A View〉(1985)에서는 제법 인상적인 남성미를 보여주었는데, 이 영화에선 어찌나 한심하게 나오는지 짜증스러울 정도다. '사이먼과 가펑클'Simon & Garfunkel로 유명한 아트 가펑클Art Garfunkel이 주인공의 친구 역할로 나오는 대목도 웃음이 난다. 〈Bad Timing〉 같은 B급 에로틱 스릴러에 찬조출연하는 묘한 취미라도 있는 걸까.

〈Boxing Helena〉는 지나치게 직설적이어서 진부한 영화가 되어버렸다. 좋아하는 여인의 팔다리를 잘라서라도 내 것으로 만들고 싶은 남자들의 삐뚤어진 욕망! 당신은 묻고 싶을 지도 모른다. 팔다리를 다 절단해서 무력하고 추해진 여자를 정말 예전처럼 사랑할 수 있는 사내가 어디 있겠는가? 그러면 페미니스트들은 이렇게 말할 거다. 니들 남자들은 결혼이라는 제도로 멀쩡한 여자를 사회적 불구로 만들어 들어앉혀 놓고는 사랑한다고 거짓말을 계속하지 않느냐고.

남자들은 제가 좋아하는 여자를 소유하고 싶어 하는 경향이 있다. 이 말은 절반만 맞다. 여자도 연인에 대해 소유욕을 드러내긴 마찬가지니까. 원래 사랑이란 것은 배타적이고 독점적인 관심을 받고 싶어 하는 욕망이므로, 과도한 집착을 그냥 소유욕이라고만 표현해버리면 하나마나한 이야기가 되고 만다. 남자의 소유욕에 어떤 특징적인 경향이 있다면, 그게 여자의 집착과는 어떻게 다른지 따져봐야 비로소 의의가 있을 거다. 남자의 소유욕이 만약 보편적인 특질이라면, 거기엔 생물학적 뿌리가 있을 법하다.

첫째, 유전자 복제의 게임에서 영원한 패자가 되는 두려움이 있을 수 있다. 남자가 바람을 피우면 여자는 자신의 유전자가 복제된 개체, 즉 자기 자식의 양육에 필요한 남성배우자의 투자male parent investment를 일부 또는 전부 상실할 위험에 처한다. 이것은 자원배분의 문제다. 하지만 여자가 바람을 피우면 남자는 자신의 유전자를 후대에 전달할 기회 자체를 잃어버릴 우려가 있다. 이것은 존재의 문제다. 세상 모든 수컷들의 최악의 악몽은 남의 씨를 제 자식인 줄 알고 키우게 되는 상황이다. 이런 두려움은 진화의 과정에서 유전자에 깊이 새겨져 있을 개연성이 크다. (좀 더 정확히 말하자면, 충분히 주의를 기울이는 유전자만 자연선택 과정에서 멸절되지 않고 성공적 복제를 이어나갔을 가능성이 있다.) 여자가 결혼 후 남편의 성을 따른다든가 시집살이를 하는 식으로 시댁식구의 감시체계 속에 놓이도록 고안된 제도들은 남성들의 이런 두려움을 해결하는 장치였는지도 모른다.

둘째, 영장류의 수컷은 집단생활을 하면서 계서적 질서에 순응하려는 본성이 강하다. 자기보다 강한 개체에게 순응하고 약한 개체에게 복종을 강요하는 데 익숙하다는 얘기다. 이렇게 하면 이로운 점이 있다. 첫 대면에서 서로의 힘을 의례적으로 비교해본 다음 그 우열을 피차 장기적으로 인정하면 불필요하게 사사건건 투쟁함으로써 언제 목숨을 잃을지 모르는 불안을 매순간 안고 살 필요가 없다.

"사소한 일에 목숨 걸지 않도록" 만드는 질서라고 표현할 수도 있겠고, 아리스토텔레스를 흉내 내자면 "폴리스polis적 존재로서의 인간의 특질을 남성들이 좀 더 두드러지게 나타낸다"고 말할 수도 있겠다. 실제로 여자들은 인위적 위계질서 없이도 서로 잘 협동하고 화합하는 능력이 있어 보인다. 남자들은 그러지 못한다. 구애의 긴장감이 사라지는

사랑에 빠졌을 때, 남자는 곧잘 못난 모습을 보인다. 그러나 가장 못난 모습은 사랑에 빠졌을 때가 아니라, 사랑에 응답받지 못했을 때 나타난다. 남자들이 자기 여자를 속박하려 드는 원인은 대개의 경우 애정이 아니라 그 결핍이다. 그러면서 그들은 자기가 하는 일이 사랑 때문이라고 믿는다. 여성들이여, 그들을 구해 주시길.

순간부터, 남자는 밖에서 늘 하던 대로 자기보다 연약한 상대인 여자를 통제하고 지배하려는 습성을 저도 모르게 드러낼 가능성이 있다.

남자가 좋아하는 여자에 대해서 느끼는 소유욕이라는 건 세 가지가 뒤섞인 것이 아닐까 싶다. 첫째, 사랑이라는 감정에 본질적으로 포함된 내밀한 일대일 관계에 대한 열망. (이건 남녀공통이다.) 둘째, 머리로는 의식하지 못하더라도 유전자 차원에서 본성이 조장하는 불안감. (자기 여자가 다른 멋진 남자에게 친절하게 교태를 부리는 모습을 보면 남자들은 거의 언제나 "필요 이상으로" 화를 내지 않던가? 하지만 유전자의 사전에 "필요 이상으로"란 없다!) 셋째, 무리 생활을 통해서 유전된 강제—복종의 습관이 저도 모르게 자기보다 연약한 배우자에게 투사되는 부분.

나도 안다. 생물학적 결정론은 환영받지 못한다는 걸. 내가 유전자 운운한 건, 그게 이토록 뿌리 깊으니 포기하고 받아들이라는 얘기가 아니다. 집착의 뿌리가 본능적인 거라면 이성理性으로 다스릴 수 있을 거라는 소식을 전하려는 거다. 영리한 여성 독자라면 이쯤에서 알아챘을 거다. 그와 더 원만하게 사랑을 나누는 방법은 그의 두려움을 다독여주고 그의 지배욕을 잠재워주는 거로구나, 라고.

159

쓸데없이 그의 질투심을 자극해 보려는 시도는 위험하다. 그와 다투어 이기겠다는 자세도 어리석다. (물론 싫어하는 남자에게는 그래도 된다, 얼마든지.) 여자도 권위나 완력을 동원하거나 이치를 따져가면서 남자를 복종시킬 수 있다. 그러나 남자가 세상에서 제일 싫어하는 게 야단맞는 거다. 자기를 줄창 야단치는 상대를 사랑하는 남자는 변태일 가능성이 많다. 남자의 로망은, 서툴게 질투심을 유발하지 않으면서도(즉 믿음이 가면서도) 구애의 긴장감을 유지할 줄 아는(즉 함부로 지배할 수 없는) 여자다. 뭐 그렇게까지 고단수는 아니더라도, 남자에게 말과 행동으로 믿음을 심어주는 여자, 견해차가 생기면 '우리는 경쟁상대가 아니라 같은 편'임을 일깨워줌으로써 남자를 조종할 줄 아는 여자가 지혜롭다. 그건 여자가 본능적으로 잘 해낼 수 있는 일이고, 돈 드는 일도 아니다.

# 사랑은 두 얼굴의 여자를 만든다

해피엔드 (1999)

안심하셔도 된다. 가령, '사랑은 불륜이다'라든가 '사랑은 치정이다' 같은 야릇한 이야기를 하려고 〈해피엔드〉를 고른 건 아니다. 굳이 그럴 생각이었다면 차라리 다이안 레인Diane Lane과 리처드 기어Richard Gere가 나왔던 〈Unfaithful〉을 골랐을 거다. 벌어지는 일은 똑같더라도 외국인 이야기가 좀 더 담담한 소재가 되었을 테니까.

줄거리는 이렇다. 민기(최민식 분)는 실업자다. 어린이 영어학원을 운영하는 아내 보라(전도연 분)에 얹혀사는 처지인 거다. 보라는 옛 연인이던 일범(주진모 분)과 자주 밀회를 가진다. 그녀는 젖먹이 아기와 남편을 소중히 여기는 것처럼 보이지만, 일범의 뜨거운 열정에도 주저 없이 몸을 맡긴다. 가정과 애인이 주는 서로 다른 행복 중 어느 것도 포기하지 못하는 그녀는 불륜관계를 불안스레 이어가고, 결국 남편은 이것을 눈치 챈다. 결말은 비극이다. 이 영화를 보고 내가 느낀 건 사랑이라는 감정의 이율배반이라든지, 또는 현대사회에서의 가정의 의미 같은 건 아니었다.

나는 단지 전도연의 연기에 매료되었다. 솔직히 말하면, 그녀는 배우치고 눈에 확 띌 정도의 미모라고 말하긴 어렵다. 그저 좀 귀여운 얼굴에 콧소리가 인상적인 발랄한 탤런트라고 생각했다. 그런데 연기의 폭을 잘 넓혀가더니만 급기야 2007년 칸 영화제에서 여우주연상을 거머쥐는 쾌거를 이뤄냈다. 칸에서 그녀는 이창동 감독의 〈밀양〉으로 수상했는데, 좀 역설적인 표현이지만, 전도연은 〈밀양〉에서 자기가 보여준 것보다는 보여주지 않은 걸로 상을 받았다는 느낌이다. 〈밀양〉에서 전도연이 연기했던 신애는 바깥 세상과의 소통을 거부할 뿐 아니라, 카메라에게조차 자주 돌아서거나 돌아눕는 뒷모습으로 등장해 관객과의 소통도 집요하게 거부하는 것처럼 보이기 때문이다.

〈해피엔드〉에서 전도연이 보여준 연기는 그런 게 아니었다. 그녀는 여자의 두 얼굴을 섬뜩할 만큼 입체감 있게 그려냈다. 여자들 스스로도 아는지 나로선 알 길이 없지만, 여자들은 자신이 여자이고 싶을 때 표변한다. 동료거나, 후배거나, 또는 심지어 그냥 살림 사는 아내일 때의 여자와, 상대에게 여자이고 싶을 때의 여자는 다르다. 눈빛이 다르고, 목소리의 톤이 다르고, 손동작이 다르고, 걸음걸이가 다르며, 웃음의 질감이 다르다. 도대체 어떻게 달라진다는 말이냐, 라고 물으신다면, 〈해피엔드〉에서 애인 앞에 있는 전도연을 한번 보라고 권해볼 도리 밖에 없다.

우습게도, 남자들은 웬만한 여자들 앞에서 다 남자로 보이고 싶어 한다. 그래서 필요 이상으로 느물대기도 하고, 상황에 어울리지 않는 실수도 자주 한다. 남자의 '이성을 대하는 회로'는 매우 단조롭기 때문에, 남자들은 때때로 여자의 의미 없는 미소나 친절을 "날 여자로 대해주세요"라는 신호로 오인하기도 한다. 그래서 여자들은 곧잘 "남자는 조금만 친절하게 대해주면 자기를 좋아하는 걸로 착각한다"며 불평한다. 이상한 일이 아니다. 남자의 유전자를 실어 나르는 정자의 수정전략 자체가 '복불복의 들이대기' 방식이지 않은가. 잘못 들이댔다가 망신당하기를 죽기보다 싫어하는 남자들만 있었다면, 인류의 진화과정은 지금과는 크게 다른 번식전략을 마련했어야만 했을 터이다.

여자는 유능한 배우다. 오래 전에 나는 어떤 여자 후배로부터 이런 이야기를 들은 적이 있었다. "내가 좋아하는

1973년생인 전도연은 MBC 드라마 〈우리들의 천국〉으로 데뷔해서 2007년 영화 〈밀양〉으로 한국 배우로는 최초로 칸 영화제 여우주연상을 수상했다. 그 사이 어딘가에 영화 〈해피엔드〉가 있다. 〈해피엔드〉 이전과 이후의 그녀의 연기는 확연히 달라 보인다.

남자가 나를 좋아하게 만드는 건 쉬워요. 관심이 없는 척하면서 그 앞에 '우연히' 자주 나타나서 기분 좋은 얼굴로 인사만 해줘도 남자들은 금세 관심을 갖거든요." 설마! 정말로 남자들이 그렇게까지 단순하단 말인가? 항변을 하고 싶다가도, 전도연의 연기를 떠올려보면 어쩐지 따지고 들 자신이 없어진다. 펑퍼짐한 자세와 무덤덤한 말투를 가진 아줌마에서, 어느 사이엔가 귀엽고 간드러지는 여인으로 변신하는 그녀를 보고 나면 이해하실 거다. 내가 여자들을 무섭다고 생각하는 이유를.

# 사랑은 속아 주는 것이다

What Women Want (2000)

이태 전, 친구와 술 한 잔 걸치며 객쩍은 잡담을 나누고 있었다. 그러다가 친구가 마침 생각났다는 듯이 말했다.

"내가 어떤 여자한테 들은 얘긴데, 여자는 남자와 말을 나누는 동안 그 남자가 엉큼한 생각을 하면 아무리 점잖게 시치미를 떼도 다 안다더라. 정말일까?"
"에이 아무렴, 설마."
"그런데 정말 자신 있게 말하더라고. 알아채지만 모르는 척할 뿐이라고."
"그게 정말이면 큰일이게."

그 뒤로 가끔씩 친구의 말이 생각나서, 그런 걸 물어봐도 큰 흉이 안 될 만한 여성들 몇 분에게 물어봤는데 대답은 제각각이었다. '나는 전혀 모르겠더라'에서부터 '남자들은 다 그러는 거 아니냐'에 이르기까지. 아마도 내 친구에게 호언장담을 했던 여자분은 남자 경험이 풍부하거나 그런 방면으로 탁월한 감수성을 갖춘 것이었는지 모르겠다. 어쨌든 다행이다. 나야 뭐 피 끓는 이팔청춘도 아니고, 연애 방면으로 탁월한 소질을 가졌거나 노력을 기울이는 스타일도 못되니 심각하게 걱정할 일은 아니었겠지만, 그래도 만에 하나 그 말이 사실이었다면, 방심하다 나도 모르게 실수할까봐 매력적인 여성분들과는 눈도 못 마주쳤을 거 아니냐 말이다.

연애에 소질은커녕, 나는 여자들의 생각의 회로를 알 길이 없다. 존 그레이John Gray의 〈화성에서 온 남자, 금성에서 온 여자〉Men are from Mars, Women are from Venus라든지, 그보다 더 명저라고 여겨지는 피즈 부부Barbara & Allan Pease의 〈말을 듣지 않는 남자, 지도를 읽지 못하는 여자〉Why men don't listen and women can't read maps? 같은 책을 읽어보기도 했지만, 그저 고개를 끄덕였을 뿐 실생활에 도움이 된다고 느끼진 못했다. 결혼생활을 통해서 내가 얻은 교훈은, 남자는 자기가 원하는 걸 여자에게 말하지만, 여자는 자기가 원하는 걸 남자가 하나 안 하나 두고 본다는 정도다. 만일 여자의 머릿속에서 벌어지는 생각을 남자가 다 알아낼 수 있게 된다면, 아마도 남자는 쾌재를 부르거나 아니면 감당을 못하고 돌아버리거나 둘 중 하나일 거다. 이런 생각을 나만 하는 건 아니었던 모양이다.

낸시 마이어즈Nancy Meyers라는 여성 감독이 2000년에 만든 〈What Women Want〉에서 전형적인 마초 사업가이던 닉Nick(멜 깁슨Mel Gibson 분)은 어느 날 감전사고를 당한 뒤 여자의 생각을 들을 수 있는 초능력을 얻게 된다. 그는 자기가 여자를 유혹하는 데 뛰어나다고 생각했었지만 여자들은 그를 비웃고 있었다는 걸 알게 된다. 이혼한 전 부인이나 자기 딸이 자기를 어떻게 생각하는지도 처음 알게 된다. 그는 자신의 새로운 능력을 이용해서 여자들에게 진정한 호감을 사는 방법을 배워 나간다(잠자리에서 여성을 만족시키는 방법을 포함해서). 그뿐 아니라, 그는 승진 경쟁에서 자기를 밀어낸 여성 동료 다씨Darcy(헬렌 헌트Helen Hunt 분)를 이기고 그녀를 해고당하도록 만들기도 한다. 그제서야 자신이 그녀를 사랑한다는 사실을 깨닫고 후회하게 되지만.

그러다가 그는 또다시 우연한 사고로 그 특이한 초능력을 잃어버리고 만다. 이 영화가 자꾸만 떠오르는 이유는 그다음부터다. 그가 자신의 딸과 화해하고, 다씨와의 사랑에 성공하는 것은 정작 그들의 속마음을 더 이상 훔쳐듣지 못

이 영화에 관한 친구의 이메일을 보고 한참동안 웃었다. "멜 깁슨이나 되니까 여자들 마음을 안다고 어떻게 해볼 수나 있지, 그게 안다 모른다의 문제가 아니잖냐. 날 그저그런 남자로 생각하고 있는 줄 알았었는데 사실은 벌레 취급하고 있더라는 걸 알게 되는 게 여자 사귀는 데 무슨 도움이 되겠냐. 멜 깁슨이니까 코미디지, 스티브 부세미Steve Buscemi가 여자의 마음을 다 알게 되는 영화는 호러거나 엄청난 철학영화일 거다."

하게 된 이후이기 때문이다. 상대방이 나의 마음을 어느 정도 이해해 주길 바라는 건 우리 모두의 희망이겠지만, 일거수 일투족 내 생각을 읽은 것처럼 행동하고 대꾸하면 무섭고 징그럽지 않을까? 그런 사람과 사랑을 나누는 것이 가능할까?

한번쯤 생각해 볼만한 일이다. 상대방의 온갖 원초적인 생각과 느낌을 다 알아버리게 된다면, 그걸 알게 된 쪽에서도 과연 상대를 사랑할 수 있을까? 다른 사람은 모르겠지만 아마 나는 어림없을 거다. 나는 내가 알아서는 안 되는 사실을 알고 나서도 무덤덤하게 행동하는 쪽으로는 젬병이다. 그리고, 많이 애를 쓰면 용서받고 사랑받을 정도의 행동을 하면서 지낼 수는 있지만, 나의 모든 깊고 어두운 상상과 생각을 다 들키고도 사랑받을 수 있을 만큼 착하지도 않고, 그러기를 원할 만큼 나쁘지도 않다.

　나는 거짓말을 무척 싫어한다. 하지만 머릿속에 떠오르는 모든 생각을 반드시 말로 해야만 하는 것이 정직은 아닐 터이다. 그래서 우리는 말과 다르게 행동하는 것을 거짓이라고 부르고, 생각과 다르게 말하는 것을 예의범절이라고 부르는 것이다. 머릿속은 상상력의 해방구다. 그곳을 그렇게 남겨두는 것이 아마도 사랑의 비결이리라. 적어도 그 만큼은, 속아주는 것이 사랑이다.

# 사랑은 일하는 여자의 고충이다

Searching for Debra Winger (2002)

나의 어머니는 칠순을 목전에 둔 지금도 직장에 다니고 계신다. 어머니는 삼십대 후반부터 당신의 대학전공인 영문학과 상관도 없는 장사 일을 전전하며 생활전선에서 뛰셔야 했다. 우리 삼형제는 빨리 커서 어머니를 좀 편히 쉬실 수 있도록 만들어 드리고 싶다는 소망을 품고 자랐다. 아들들이 더디 자라는 사이에, 어머니께서는 일거리가 있는 편이 도리어 노년의 활력이 되어주는 측면도 있는, 그런 연세가 되어버리셨다. 어느덧.

어머니는 살림에도 필사적이셨다. 그러나 부엌일을 등진 남자 넷을 둔 집안은 항상 어딘가 좀 어지럽고, 허전하고, 임시변통이었다. 아들들에게 요리나 설거지, 청소나 빨래 따위를 좀 시켰어도 괜찮았으련만, 어머니는 우리가 그런 일 하는 걸 그다지 반기지 않으셨다. 돌이켜 보면, 그래서 어머니가 필사적이었다는 느낌이 더 드나 보다. 아마 살림만 사는 주부였다면, 되레 거리낌 없이 아들들에게도 그런 일을 시켰으리라.

어린 시절에, 나는 엄마가 밖에서 일하는 게 싫었다. 내가 싫었던 건 '다소 어지럽고 허전하고 임시변통인 집안 풍경' 따위가 아니었다. 그런 건 아무래도 좋았다. 학교에서 돌아와 빈 집에 들어가는 게 싫었다. 다른 식구들이 있더라도, 엄마가 없는 집은 빈 집이었다. 고단한 바깥일을 마치고 어머니가 귀가할 때까지, 집안의 분위기는 온기가 다 빠진 구들장 비슷했다. 우리 형제들은 의좋은 편이지만, 우리끼리 있을 땐 – 남자들이 항용 그러듯이 – 용건을 중심으로 대화했다. 술에 비유하자면, 단맛이 없는 드라이 진 같았달까.

29세의 나이로 요절한 시인 기형도는 나의 대학 써클 선배다. 같은 과 선배이기도 했다. 그는 타고난 가수이기도 해서, 그가 부르던 '일편단심 민들레'는 듣는 이의 가슴을 뒤흔드는 힘이 있었다. 그의 시들은 다 그의 노래처럼 힘차고, 슬프고, 좋다. 그 중에서도 내 마음에 가장 예리한 칼날을 찔러 넣었던 시가 〈엄마 걱정〉이다. 나는 기형도 선배만큼 가난한 유년을 겪지도 않았고, 내 어머니가 열무 장사를 하셨던 것도 아니지만, 일하는 엄마의 귀가를 기다리는 아이의 정체 모를 불안감을 이처럼 강렬하게 드러낸 다른 작품을 나는 알지 못한다.

엄마 걱정

열무 삼십 단을 이고
시장에 간 우리 엄마
안 오시네, 해는 시든 지 오래
나는 찬밥처럼 방에 담겨
아무리 천천히 숙제를 해도
엄마 안 오시네, 배춧잎 같은 발소리 타박타박
안 들리네, 어둡고 무서워
금간 창틈으로 고요히 빗소리
빈방에 혼자 엎드려 훌쩍거리던
아주 먼 옛날
지금도 내 눈시울을 뜨겁게 하는
그 시절, 내 유년의 윗목

나는 전업주부와 결혼하고 싶었다. 내 아내가 일을 하는 건 상관없었지만, 내 아이들의 엄마는 집에 있었으면 했다. 대학교 1학년 여름, 아내를 소개팅에서 처음 만났을 때 나는 "졸업하면 꼭 직장을 가질 생각이냐?"는 질문부터 했다. 아이를 가진 뒤 직장을 그만둔 아내는 십구 년째 전업주부다. 감사받지 못하는 그녀의 노동의 대가로, 우리 집안은 어느 임지를 가건 풍족하고 화려하진 못해도 따뜻하고 깔끔하다. 나의 기준으로 봐선 그렇다.

그런데 정작 아내는 자신이 전업주부라는 사실을 별로 행복하게 여기지 않는다. 어쩌다 사회생활 하는 친구라도 만나고 온 날이면 한숨소리도 더 커진다. 바야흐로 사춘기에 접어든 우리 아이들은 엄마가 집에 있으면서 사사건건 잔소리를 하는 걸 싫어한다. 관심이란, 본질적으로 속박이다. 나의 어머니는 자식들을 간섭하지 않고 믿고 방임해 두셨다. 어머니로서는 그럴 수 밖에 없기도 했다. 세 아들들이 되도록 그 믿음에 부응해 드리려고 애썼던 것도, 생계를 위해 일하시는 어머니에 대한 최소한의 보답이었다. 내 아이들은 집에서 살림만 사는 제 엄마보다, 세상 물정에도 밝고 용돈도 집어주시는 할머니가 더 쿨하다고 생각하는 눈치다. 이 녀석들은 나중에 직장을 가진 여자를 아내감으로 찾고 다닐지도 모른다.

한 사람이 성실한 직장인과 좋은 아내, 훌륭한 엄마 역할을 다 하는 게 가능할까? 그럴 리가! 생리적으로 임신을 못하고 전통적으로 육아와 가사를 훨씬 적게 부담해온 남자들조차 좋은 직장인과 좋은 남편, 좋은 아빠 역할을 다 해내진 못한다. 기껏해야 그 정도면 그럭저럭 애썼다는 정도의 평가를 받는 게 고작이지 않던가. 인류가 유성생식을 통한 체내수정 방식의 번식을 중단하지 않는 이상, 아이들에게 엄마의 역할은 아빠의 역할과는 비교할 수 없이 크다. 자연히, 일하는 엄마들이 받는 스트레스는 많고, 근본적인 해결책은 보이지 않는다.

우리보다 여성의 사회진출이 앞섰고, 경제적으로 풍요로운 미국의 경우는 좀 나을까? 특히, 고소득이면서도 전문직과 자유직의 장점을 두루 갖춘 할리우드 여배우들이라면 손쉬운 해결책이 있지 않을까? 천만의 말씀. 〈Searching for Debra Winger〉는 여배우 로잔나 아케트 Rosanna Arquette가 2002년에 만든 다큐멘터리 영화다. 이 영화는 짜임새도 엉성하고 날카로운 분석력도 없다. 대신, 여배우가 동료들과 수다를 떨면서 얻어낸 진솔함이 장점이다. 26세의 로잔나 아케트가 '수잔'Susan을 찾아 모험을 떠나면서(Desperately Seeking Susan, 1985) 촉망받는 신예로 각광을 받던 때로부터 어언 17년이 흐른 뒤, 그녀는 이젠 '데브라 윙거'를 찾아 여행하면서 일하는 중년 여자의 고

충이라는 현실을 보듬어 안을 만큼 나이를 먹은 거다.

그녀는 데브라 윙거가 훌쩍 은퇴해버린 데서 상처를 받았던 것 같다. 그런 선택이 피할 수 없는 운명인 걸까? 일과 결혼생활을 다 잘 해낼 수는 없는 걸까? 이 영화를 통해 아케트는 이런 질문을 동료 여배우들에게 던진다. 패트리샤 아케트Patricia Arquette(로잔나의 친동생이다), 엠마뉴엘 베아르Emmanuelle Béart, 로라 던Laura Dern, 제인 폰다Jane Fonda, 우피 골드버그Whoopi Goldberg, 멜라니 그리피스Melanie Griffith, 대릴 한나Daryl Hannah, 셀마 하이엑Salma Hayek, 홀리 헌터Holly Hunter, 다이안 레인Diane Lane, 켈리 린치Kelly Lynch, 사만다 마티스Samantha Mathis, 줄리아 오몬드Julia Ormond, 귀네스 팰트로Gwyneth Paltrow, 바네사 레드그레이브Vanessa Redgrave, 테레사 러셀Theresa Russell, 맥 라이언Meg Ryan, 알리 쉬디Ally Sheedy, 샤론 스톤Sharon Stone, 로빈 라이트 펜Robin Wright Penn 등 쟁쟁한 중년 배우들이 여자로서 영화계에서 일하는 애로를 털어놓는다.

이들은 남성 제작자들의 구역질나는 성차별적 태도 따위를 깔깔대며 성토하기도 하지만, 역시 대화의 무게중심은 엄마 역할과 일을 어떻게 병행하느냐에 관한 거다. 맥 라이언은 아이가 5살이 될 때까지 촬영장에 늘 데리고 다

넜고, 아이가 학교에 들어간 이후로는 영화를 1년에 한 편만 찍기로 타협했다. 로빈 라이트 펜(포레스트 검프Forrest Gump의 연인 제니Jenny)은 일을 포기하고 육아에 전념키로 한 결정에 후회는 없지만 욕심나는 작품을 하지 못한 상실감은 든다고 고백한다. (즉, 후회가 없다는 건 진심이 아닌 거다.) 우피 골드버그는 일 때문에 자식과 메울 수 없는 간격을 만들었지만 "자기가 행복하지 못하면 어떻게 엄마 노릇을 해요?"라고 반문한다. 조베스 윌리엄즈JoBeth Williams는 "아이와 있을 때는 일에 소홀한 것 같아 스스로에게 죄책감이 들고, 일을 할 땐 애들에게 소홀한 것 같아 죄책감이 든다"고 말한다.

화려하고 아름다운 할리우드 여배우들도 자기 고충을 털어놓으면서, 잘 나가는 친구를 만나고 온 날의 내 아내만큼이나 갑갑한 표정들을 짓지 뭔가! 일하는 엄마들은 힘들다. 창조주가 선악과를 훔쳐 먹은 남자와 여자에게 각각 내린 형벌 두 가지를 다 짊어지고 나서는 셈이니 어찌 힘이 안 들랴. 그렇게 힘들어하는 여자들과 살아야 하니, 남자들도 안 된 노릇이다. 전업주부들은 사회생활 하는 친구들 앞에서 자신을 초라하게 느끼지만, 유능한 직장여성들은 자녀를 살뜰하게 잘 키우고 있는 주부들을 보면 한없이 열등감을 느낀다고 한다. 나는 아내가 살림과 육아를 도맡

주연급 여배우들이 다수 등장해서 자기들 이야기를 한다는 점에서, 〈Searching for Debra Winger〉는 2009년 우리 영화 〈여배우들〉을 떠올리게 하는 면도 있다. 그러나 사전의 의논 하에 스스로의 모습을 '연기하는' 배우들의 모습을 영상에 담은 이재용 감독과는 달리, 로잔나 아케트는 동료들이 실생활에서 안고 사는 문제들이 무엇인지가 정말 궁금했던 것처럼 보인다. 이 영화의 거의 유일한 장점은, 일하는 여성의 진심어린 고민과 좌절감이 느껴진다는 점이다. 삶과의 투쟁에 치열하게 임하는 모든 여성분들께 건투를 빈다.

아 주는 게 고맙고, 사회생활을 할 기회를 빼앗아 버린 것만 같아서 미안하다. 하지만 만일 우리가 맞벌이 부부였다면, 나는 아내가 생계를 함께 부담해 주는 것이 고맙고, 집에서 편안히 살림만 하면서 육아에 전념토록 만들어주지 못한 걸 미안해했을지도 모른다.

일하는 엄마들을 위해 국가가 나서서 공립탁아시설을 확보하라는 주장도 자주 접하는데, 한국 엄마들 중 과연 몇

명이 공립탁아시설에 아이를 맡기면서 스스로 좋은 엄마 노릇을 한다고 느낄지는 의심스럽다. 여성들은 직장 내에서의 성차별에 대해서 자주 분통을 터뜨리지만, 모든 차별이 다 나쁘다는 태도는 고지식하다. 우리 공동체의 모성을 보호하고 보전하자면 새로운 방향으로 양성에 대한 대우를 차별화하는 문화가 조성될 필요도 있기 때문이다. 정답은 없는 거다. 각자 똘똘하게 자기 취향에 맞는 직장과 배우자를 고르고, 마땅치 않을 때는 차선책, 차차선책을 힘겹게 찾아가는 길 외에는. 그리고 열심히 하는 만큼만이라도 두루 다 잘 되기를 기도하는 것 외에는.

# 사랑은 이루어져야 사랑이다

Before Sunrise(1995), Before Sunset(2004)

연애 영화에 대한 이야기를 하면서 좀처럼 빼놓기 어려운 영화가 〈Before Sunrise〉와 〈Before Sunset〉이다. 9년의 간격을 두고 로맨틱 드라마의 속편이 만들어진 것 자체가 진기록이다. 〈Godfather〉의 2편과 3편 사이에 16년의 세월이 있고, 〈Rambo〉 제3편이 나온 지 10년이 지나 4편이 제작된 일도 있지만, 멜로물에선 이런 일이 아주 드물다. 〈남과 여〉Un homme et une femme(1966)의 끌로드 를로슈 Claude Lelouch 감독이 그때 그 배우들(아누크 애메Anouk Aimée와 장루이 트리티냥Jean-Louis Trintignant)을 기용해서 20년 만에 속편을 제작한 사례가 있긴 하다. 그런데 20년이라는 세월의 낙차는 지나치게 커서, 세대교체가 되어버린 극장의 주 소비층에 일관성 있는 호소력을 갖긴 어려웠다. 진정한 의미의 속편이라기보다는 박물관에서 판매하는 기념물처럼 되었다고나 할까.

〈Before Sunrise〉로부터 9년 후에 만들어진 〈Before Sunset〉은 전편의 소비자였던 바로 그 관객층의 감성을, 너무 늦지 않게 다시 한 번 자극한다. 이 두 영화를 본 관객에게 9년의 세월은, 마치 한 연극 속의 계산된 암전暗轉 또는 중간휴식시간처럼, 영화 속 현실에 참여할 수 있도록 도와주는 영화적 장치의 일부분이 된다. 9년이 짧지 않은 세월이긴 하지만, 다시 만난 남녀 주인공은 아직도 매력적인 젊음을 유지하고 있었으며, 서로에 대한 감정을 (그러므로 영화의 연속성을) 이어갈 수 있는 상태였다. 1952년 〈High Noon〉이 85분간 벌어지는 사건을 85분의 러닝 타임 속에 담아냈던 것과는 좀 다른 의미에서, '실시간 영화체험'을 제공하는 실험이 이루어진 셈이다. (〈Before Sunset〉의 경우엔 〈High Noon〉 방식의 실시간 진행형이기도 하다.) 그 실험은 성공적이었다고 생각한다. 다만, 후편의 제목이 After Sunrise인지, Before Sunset인지, After Sunset인지 매번 헷갈린다는 점만은 개인적으로 좀 짜증스러운 부분이다.

유럽을 여행 중이던 미국 청년 제시Jesse(에단 호크Ethan Hawke 분)는 기차에서 프랑스 처녀 셀린Celine(줄리 델피Julie

<sup>Delpy</sup> 분)을 만난다. 제시는 비엔나에서 여정을 마치고 미국 행 비행기를 탈 예정이고, 셀린은 할머니를 찾아가는 중이다. 제시는 셀린에게 비엔나에서 함께 내려 새벽 비행기 시간까지 벗해달라고 제안한다. "10년 또는 20년 후에 다른 남자를 사귀어봤으면 좋았겠다며 후회하게 되는지 누가 아느냐"는 서툰 수작으로 미루어 그는 선수처럼 보이진 않는다. 그녀는 제안을 수락한다. 잠시 후 영영 헤어질 사람에게가 아니라면 아마 말하지 않을 것 같은 마음속 이야기들을 나누던 두 사람은, 비엔나의 석양을 배경으로 입맞춤을 나눈다. 함께 밤을 지새운 두 사람은 카페에 앉아 서로에 대한 호감을 고백하고, 기차역에서 헤어지면서 6개월 후에 같은 장소에서 다시 만나기로 약속한다.

181

특별한 줄거리랄 것도 없다. 카메라는 두 사람의 수다를 끊임없이 비춰줄 뿐인데도, 영화는 감미롭다. 두 사람이 밤을 지새우며 나누는 인생과 종교와 사랑에 대한 이야기들은 손발이 오그라들 만큼 즉흥적이고, 사적이고, 치기어린 내용이지만, 진솔하다. 덕분에 이들의 연애는 실감난다. 서로에게 깊은 인상을 남기려는 속셈이 뻔히 보이는, 그러나 거짓은 아닌 말들. 맞아 맞아, 처음 만난 연인은 저렇게들 굴지. 에릭 로머<sup>Éric Rohmer</sup>나 홍상수 작품의 청소년 판 같다고 해야 할지.

관객은 두 주인공이 6개월 후에 어떻게 되었을지 나름대로 상상하며 극장문을 나섰다. 그리고 9년이 흘렀다. 속편인 〈Before Sunset〉에서, 제시는 셀린과의 하룻밤 추억을 소재로 한 소설로 베스트셀러 작가가 되었다. 유럽을 순회하고 마지막 여정인 파리에서 사인회를 가지는 그의 앞에 셀린이 나타난다. 9년 전 그들은 재회하지 못했던 거다. 제시는 비엔나에 다시 갔지만 셀린은 할머니가 돌아가시는 바람에 약속을 못 지켰다고 말한다. 제시의 출발 비행기 시간까지 두 사람은 파리를 거닐며 추억을 나눈다. 제시는 결혼해서 아들을 두고 있고, 셀린은 사진기자와 교제 중이다. 둘 다 9년 전의 하룻밤을 인생 최고의 경험으로 여기고 있지만, 시간을 되돌릴 순 없다. 얼마 남지 않은 재회의 시간마저 자꾸 흘러가는데, 두 사람은 '영화 같은' 멋진 대사 대신 객쩍은 이야기만 자꾸 주고받는다. 그녀가 말한다. "이러다 비행기 놓치겠어요." 그가 결혼반지를 만지작거리며 대답한다. "알아요."

제목이 말해주듯이, 전편이 밤중의 대화인 반면, 후편은 낮의 대화다. 밤의 언어와 낮의 언어는 다르다. 어린 시절의 연애가 몽롱하고 감미로운 밤의 언어로 이루어진다면, 어른들의 연애는 일상이 진행되는 한낮의 언어를 벗어나기 쉽지 않다. 감상적이 되기엔 계면쩍은, 그런 나이란 게 있는 법이다. 그래서 〈Before Sunrise〉와 〈Before Sunset〉은 그 제목만으로도 '어른 되기의 어려움'을 잘 요약해 준다. 나이를 먹어간다는 건, 할 수 없는 일, 해서는 안 되는 일들의 목록이 길어진다는 뜻이기도 하다. (상징성 강한 간결한 영화제목조차 곧잘 혼동하는 일도 거기 포함되나 보다.) 제시와 셀린은 결국 어떻게 되었을까? 전편에서처럼, 상상은 여전히 관객의 몫이다.

미국과 프랑스의 선남선녀 제시와 셀린은 비엔나에서 하룻밤의 풋사랑을 불태우지만, 서로의 연락처를 교환하지 않을 만큼 부주의하고 불성실했던 셈이다. 그 결과, 9년 만에 누리는 두 사람의 재회는 감미롭기보다는 씁쓸하다.

좀 이상하게 들릴지 모르겠지만, 구제불능의 로맨티스트이면서도 연애에 관한 만큼은 지극히 현실주의자인 한 친구가 있다. 그는 이 영화를 가리켜, "연애를 주둥이로 하나"며 불평했다. 그가 옳다. 이들이 하던 건 연애가 아니라 연애에 이르지 못한 '작업'이었을 터다. 제시와 셀린의 이야기가 애틋해 보이는 건, 9년간 냉동된 '작업' 속에 갇힌 두 사람의 연정이 사랑으로 꽃피기는커녕 제대로 된 연애조차 되어보지 못했기 때문인지도 모른다. 이 영화가 성공적으로 건드리고 있는 것은 포근한 사랑의 기억이 아니라, 많은 사람이 저마다 다른 이유에서, 각기 다른 모습으로 가슴속에 묻어두고 있는 회한이다. 가슴 쓰린 추억은 사랑이 아니다. 좋은 재료의 배합이 저절로 맛있는 음식이 되지는 않는 것처럼, 언제나 그 책임은 좋은 무언가가 될 뻔했던 재료를 다룬 사람 자신에게 있다.

# 사랑은 스스로 지키는 약속이다

The Painted Veil (2006)

무대는 1920년대 영국이다. 유복한 가정의 맏딸 키티<sub>Kitty</sub>는 동생이 먼저 결혼하자 퇴물이 되었다는 느낌을 받는다. 그런 그녀에게 숫기 없는 병균학자 월터 페인<sub>Walter Fane</sub> 박사가 갑자기 사랑을 고백하고 청혼을 해온다. 그녀는 충동적으로 청혼에 응하지만 그에 대한 사랑은 없다. 결혼 직후, 페인 부부는 월터의 임지인 중국으로 함께 부임한다. 키티는 매력적이지만 행동거지가 신중한 여성은 아니라서, 중국에서 유부남 찰리 타운젠트<sub>Charlie Townsend</sub>와 바람이 나는 데는 그리 오랜 시간이 걸리지 않는다. 페인 박사는 이 사실을 알게 되는데, 내성적인 사람들이 흔히 그러듯, 충격을 받고 자기파괴적인 결정을 내린다. 콜레라가 창궐하는 내륙지방으로 전근을 자원한 그는 아내에게 일방적으로 통보한다. 자기를 따라 시골로 가든가, 그렇지 않으면 불룬을 사유로 이혼을 청구하겠노라고.

그녀는 타운젠트의 애정을 믿고 남편에게 큰소리를 치지만, 남편은 그녀를 비웃는다. 행여 타운젠트가 이혼하고 키티와 결합하겠다면 조용히 헤어져 주겠노라고. 타운젠트를 찾아간 키티는 남편이 옳았음을 깨닫는다. 그녀에겐 이제 남편을 따라가는 선택 밖에 남지 않은 것이다. 당시 중국은 민족주의 열풍 속에서 외국인에 대한 적개심이 치솟던 시기이기도 했다. 역경 속에서 하루하루를 지내며, 키티는 전에 보려고 애쓰지 않았던, 그러므로 당연히 보지 못했던 남편의 훌륭한 점을 발견한다. 아이러니컬하게도, 자신들이 파괴적으로 자초한 고난 속에서 두 부부는 서로에게서, 또 스스로에게서 새로운 모습을 찾게 된다. 그 결말은 비극적이지만.

〈The Painted Veil〉은 영국 문호 서머세트 모옴<sub>Somerset</sub> <sub>Maugham</sub>의 1925년 소설이다. 모옴은 작품 속에 "반어적 감각과 영국적 위트로 사랑, 결혼, 간통, 제국주의, 선행, 종교와 구원 등 무거운 주제를 한꺼번에 잘 담아내는" 작가로 알려져 있다. 이 대목에서 낡은 우스개가 생각난다. 어느 학교의 작문시험 문제가 "종교, 왕실, 성적 일탈, 미스터리 등이 포함된 글을 지으라"는 것이었다. 다들 끙끙대는데 한 학생이 다음처럼 써 놓고 유유히 나갔다. "하느님 맙소사, 공주님이 임신하셨다. 범인은 누굴까?" 교수가 그 학생을 불러 준엄히 꾸짖고 "SF적 요소를 가미해서 작품을 보완하라"고 시켰다. 학생은 세 글자만 더 쓰고는 답안지를 다시 제출했다. "하느님 맙소사, 별나라 공주님이 임신하셨다! 범인은 누구인가?" 아무렴, 한 줄거리 속에 많은 이야기를 녹여내는 일이 어찌 쉬운 일이랴. 더구나 대문호의 작품을 두 시간 미만의 영화로 옮기는 거라면.

1934년 그레타 가르보<sub>Greta Garbo</sub>가 주연했던 〈The Painted Veil〉은 어딘가 문제학생의 답안지 같은 면이 있었다. 지금 보면 어색한 30년대 영화문법 따위에 뒤늦게 시비를 걸

려는 건 아니다. 이 영화가 맹숭맹숭한 최대 원인은 그레타 가르보라는 배우였다. 주인공 키티는 걷잡을 수 없이 허영심이 많고, 종잡을 수 없이 이기적인데다, 감잡을 수 없이 변덕스러워서 책잡을 데가 많은 여자다. '여신' 가르보를 데려다 이런 역할을 맡기면서, 관객에게 그녀가 '동생이 먼저 시집갔다고 아무 남자한테나 덥석 시집갈 법한 여자'라는 점을 납득시키기는 애당초 어려웠다.

〈The Painted Veil〉은 존 커란John Curran 감독의 손으로 2006년에 다시금 만들어졌다. 주연을 맡고 제작에도 참여한 에드워드 노튼Edward Norton과 나오미 와츠Naomi Watts는 중국 자본을 참여시키고 촬영도 중국 현지에서 했다. (그래서 이 영화는 중국 영화사 로고logo로 시작된다.) 중국 상영 때 제목은 〈面紗〉였다. 모음은 "살아있는 자들이 인생이라고 부르는 저 채색된 베일을 걷어내지 말라. 비록 거기 비현실적인 형상들이 그려져 있더라도"(Lift not the painted veil which those who live call life: though unreal shapes be pictured there)라는 셸리Shelley의 시구에서 제목을 따왔다고 한다. '인생이라는 채색된 베일'을 면사포라고 번역해 놓으면, 삶 전체에 대한 깊은 성찰이 신혼 이야기로 졸아들어 버리는 느낌이긴 하지만, 이 영화의 제목으로는 적당한 번역일지도 모르겠다. 2006년 영화는 1934년 영화만큼 원작의 결말을 터무니없이 상투적인 해피엔딩으로 바꿔놓진 않았지만, 그래도 여전히 소설보다는 달짝지근하다니까.

에드워드 노튼은 90년대 헐리우드가 건져 올린 가장 큰 수확이라고 나는 믿는다. 꽃미남 아니면 터프가이들이 대부분이던 미국의 30~40대 남자배우들 틈에서 에드워드 노튼과 숀 펜Sean Penn 정도를 제외하면 더스틴 호프면Dustin

Hoffman이나 알 파치노Al Pacino 같은 예전 배우들에 필적할 존재감을 지닌 연기자를 찾기는 어려웠다. 나오미 와츠는 키티 역할에 딱 알맞을 만큼 예쁘다. 자칫하면 장식품 같은 금발 아가씨 역할 단골배우로 전락할 수도 있을 외모를 가진 그녀는, 현명하게도 데뷔 이후 저예산 독립영화에서 '망가지는 역할'을 마다하지 않으면서 천천히 성장했기 때문에 고정되지 않은 이미지를 지킬 수 있었다. 〈Mulholland Dr.〉에서는 수상쩍은 상대에게 빠져드는 레즈비언 역할을 맡았고, 〈21 Grams〉에서는 가혹한 삶에 지친 여자의 절망을 "생얼"로 실감나게 보여줬다. 덕분에 그녀는 킹콩이 사모하는 금발 여배우 역할을 맡고서도 인형 같은 가녀림이 아니라 생동감 넘치는 '사람 냄새'를 풍길 수 있었다.

〈The Painted Veil〉에서 나오미는, 사랑 없는 결혼에 뛰어드는 철부지, 유부남과 사랑에 빠지는 허영심 많은 신혼주부, 남편의 경멸에 치를 떠는 천박한 불륜녀, 스스로를 부끄러워하는 성숙한 어른의 역할을 모두 설득력 있게 보여준다. 그러면서도, 그녀는 관객이 키티라는 주인공을 미워하는 대신 그녀의 시각에서 바라보도록 도와줄 수 있을 만큼 적당히 우아하고 아름답다. 키티는 남편이 죽은 뒤 타운젠트의 아이일지도 모르는 아들을 낳는다. 라스트 신. 세월이 흐른 뒤 길에서 우연히 타운젠트와 재회했을 때 그녀가 보여준 무심한 표정은 기억에 오래 남는다. 아들 '월터'Walter가 저 아저씨는 누구냐고 묻자, 별로 중요한 사람이 아니라고 답하는 키티. 어떤 사랑은 상대를 떠나보내고서야 완성되기도 하는 것이다.

사랑은 여러 가지의 감정에 붙여진 하나의 이름이다. 신체가 거부하기 어려운 호르몬의 화학적 명령도 우리는 사랑이라고 부른다. 별도 하고 나비도 하는 그런 사랑, 로미오와 줄리엣으로 하여금 차라리 죽음을 선택하도록 만들었던 그 사랑이다. 숭고하달 것까진 없지만, 그렇다고 해서 질 낮은 육욕이라고 눈을 흘길 필요도 없겠다. 이런 사랑 없이도 맺어질 수 있는 짝은 드물 테니까.

그런가 하면 익숙함도 사랑이다. 그리움이라고 불러도 좋으리라. 함께 있는 것이 정상적인 상태가 되어버린 나머지, 상대방이 없으면 불편하고 괴롭고 아쉬운 '비정상적' 상태에 빠지는 것이다. 마치 발에 잘 맞는 낡은 구두를 아끼는 마음처럼, 격정과는 무관하더라도 집착은 질길 수 있다. 이런 익숙함도 분명 사랑이다.

영국 문호 서머세트 모옴의 1925년 소설 〈The Painted Veil〉은 세 번 영화로 만들어졌다. 1934년 그레타 가르보 주연의 동명 영화로, 1957년 엘리너 파커Eleanor Parker 주연의 〈The Seventh Sin〉이라는 영화로, 그리고 2006년 나오미 와츠 주연으로, 2006년의 영화가 가장 훌륭하다. 각본이나 세트에 들인 공을 차치하더라도, 에드워드 노튼과 나오미 와츠 두 사람의 감동적인 연기가 영화의 격을 높여주었다. 모자라지 않는 연기도 어렵지만 넘치지 않게 연기하기도 어려울 터인데, 노튼과 와츠는 표정으로 대사의 여백을 채우는 연기를 멋지게 해냈다.

사랑은 약속이기도 하다. 누가 강요한 것도 아니건만, 상대방을 짝으로 소중히 여기겠다고 공약하는 것이다. 스스로에게, 또 상대방에게. 어린 후배들에게는 좀 너무 처량한 소리처럼 들릴지 몰라도, 이 점은 중요하다. 서로에게 필요하고 고마운 사람이 되게끔 만들어주는 힘, 결혼이라는 농사에서 보람이라는 과실을 가꾸는 가장 결정적인 비료는 바로 이 세 번째 사랑이다. 〈The Painted Veil〉에서 페인 부부가 그들의 삶 전체로 증명해 주었듯이.

# 사랑은 배신이다

Lust, Caution(色 · 戒) (2007)

〈색계〉는 대만 출신 리앙李安 감독에게 두 번째 베니스 영화제 황금사자상을 안겨준 영화다. 그의 첫 황금사자상 수상작은 아카데미 감독상까지 함께 받았던 〈Brokeback Mountain〉(2005)이었다. 그는 영미 영화계에 입성한 동양계 감독의 선두주자로서 〈Sense and Sensibility〉(1995)를 통해 호평을 받은 이후 〈와호장룡〉 臥虎藏龍, Crouching Tiger, Hidden Dragon(2000) 같은 화제작은 물론 〈Hulk〉(2003) 같은 오락물도 열심히 만들어내고 있다.

영화 〈색계〉는 신인 여배우 탕웨이湯唯를 일약 스타덤에 올렸고, 기대를 저버리지 않는 양조위梁朝偉(토니 룽Tony Leung)의 인상적인 호연을 담고 있기도 하다. 그런데 이 영화가 말하고자 하는 바가 뭔지는 분명치 않다. 〈색계〉는 군국주의와 첩보 활동, 암살 기도, 가학적 사랑, 배신 등의 내용을 담고 있지만, 작가의 뚜렷한 주의주장은 보이지 않는다. 오히려 그 점이 이 영화의 가장 큰 미덕이 아닐까 싶다. 그러다보니, 관객이 이 영화를 보고 느끼는 감상은 저마다 다를 것으로 생각한다.

1938년, 홍콩에 살던 여학생 왕치아즈王佳芝(탕웨이 분)는 대학 연극부에 가입한다. 연극부는 광위민鄺裕民이라는 급진파 학생이 이끄는 항일운동단체다. 그들은 친일파 핵심인물인 '이'易(양조위 분)를 암살할 계획을 세운다. 내심 광위민을 연모하던 왕치아즈는 이 계획에 동참한다. 그녀의 임무는 위장된 신분으로 '이'에게 접근해 암살 기회를 만드는 것이다. 그녀는 그와 만나고 둘은 서로에게 끌리지만, 그는 상하이로 전근을 가버린다.

1941년 상하이에서 학업을 계속하던 왕치아즈에게 광위민이 찾아와, 이제는 비밀경찰의 국장으로 승진한 '이'의 암살을 재시도하자고 권한다. 그녀는 '막부인'麥太太이라는 신분으로 또다시 '이'에게 접근하고, 몸을 던져 그의 마음을 얻는다. 두 사람은 점점 더 깊이 서로를 탐한다. 이듬해 그녀는 마침내 그의 암살 기회를 얻지만, 마지막 순간에 그에게 달아나라고 귀띔해 준다. 양조위가 화들짝 놀라서 빛의 속도로 달아나는 장면은 압권이다. 느리게 흐르던 영화가 그의 달음박질에 맞추어 결말로 치닫는다. 이 도주 장면은 남자의 비겁함과 여자의 슬픔과 사랑의 허망함과 배반의 아이러니를 고스란히 담고 있다.

여자는 첫사랑을 포기하고 첩자가 된다. 조국을 배반한 친일파를 처단하기 위해서다. 그런데 그와 사랑에 빠진다. 그녀도 배반자가 된 거다. (친일파와 사랑에 빠지는 역할을 맡았다고 탕웨이는 중국 네티즌의 악플에 시달리기도 했다. 우스운 것은, 친일파 역을 맡은 양조위가 악플에 시달렸다는 기사는 본 적이 없다는 점이다.) 그래도 그녀는 그를 암살의 덫으로 끌고 간다. 그건 사랑을 배반하는 짓이다. 그러나 그녀는 결국 이 배반에 실패하고, 차라리 조직을 배반하는 쪽을 택한다. 마지막 순간에 그녀는 사랑의 값어치를 믿기로 했던 걸까? 그렇다면 그녀는 그 기대에 배반당한 건지도 모른다. 그에게는 처형당하는 그녀를 구할 힘도, 의지도 없었으니까.

〈색계〉는 "배신의 드라마로서의 사랑"을 보여주는 우의寓意, allegory일 수도 있다. 모든 사랑은 궁극적으로 배신에 다다른다. 놀라운가? 안타까운가? 그래도 별 수 없다. 연인들이 상대방에 대해 품는 기대와 욕심은 마치 괴물과도 같기 때문이다. 이 괴물의 성장속도는 둘 사이의 애정이 커지는 속도나 지속되는 기간의 제곱에 비례한다. 당신이 누군가를 사랑하게 되었다면, 상대방이 해낼 수 없는 일들을 그에게 바라게 되는 데까진 그리 오래 걸리지 않을 것이다. 사랑은 기대감과 동의어이기 때문이다.

실존하는 그와, 당신이 갖고 싶어 하는 그는 다르다. 곰곰이 생각해 보면 이상하달 것도 없다. 스스로의 모습에도 자주 환멸을 느낄 정도로 주책없이 기대수준이 높은 것이 인간 아니던가. 어쩌면 그런 허황한 기대감 없이 인류사회가 발전할 수는 없었던 건지도 모른다. 영화 〈봄날은 간다〉에서 유지태가 이영애에게 말한다. "사랑이 어떻게 변하니?" 뭘 몰라서 하는 소리다. 사랑이 변하지, 그럼 사람이 변한단 말인가? 사람은 여간해서 변하는 게 아니다. 그 사람에게 이런저런 기대를 품었다가 접었다가 하는, 사랑이 변하는 법이지.

당신은 "상대방을 있는 모습 그대로 받아들이는 게 진짜 사랑이다"라고 주장할지도 모른다. 하지만 상대방에 대해서 설레는 기대감이 정말 하나도 없다면 그걸 과연 사랑이라고 부를 수 있는 걸까? "그 배반과 이 실망은 다르다"라고 말하고 싶을지도 모른다. 다르긴 개뿔이 다른가? 배반이라는 것은 - 그 말의 정의상 - 언제나 자기 자신의 믿음과 기대로부터 당하는 것이다. 그러니 두 사람이 만나서 사랑에 빠진다면, 그들은 서로의 기대를 배신할 운명을 이미 짊어지고 긴 여정에 오르는 셈이다. 시작할 때는 미처 모르더라도 결과가 배신이라는 점은 벌써 정해져 있다. 마치 적과 동침하는 첩보요원의 운명과도 같이.

내가 아는 한 가장 슬픈 눈을 가진 배우 양조위梁朝偉를 그렸는데, 의도와는 달리 송승헌처럼 보인다. 눈썹을 너무 짙게 그렸나 보다. 홍콩에서 토니 렁Tony Leung이라는 이름으로 활약하며 가수로도 활동했던 그는 요즘은 량짜오웨이라고 불리고 있다. 만일 그가 아니었다면 〈중경삼림〉重慶森林, 〈화양연화〉花樣年華, 〈비정성시〉悲情城市 같은 걸작들이 얼마나 싱거웠을 지를 상상해보고 싶다면, 그가 없는 〈무간도〉無間道, 즉 레오나르도 디카프리오가 그를 대신한 번안물 〈The Departed〉를 보면 된다.

진의를 오해받을까봐 덧붙이자면, 실망이 불가피하더라도 사랑은 아름답다. 배반을 당하더라도 신뢰가 바람직한 미덕인 것처럼. 영국의 대시인 알프레드 테니슨Alfred Tennyson이 'In Memoriam'이라는 시에서 노래했듯이, "사랑을 하고서 잃는 것이 사랑하지 않은 것보다는 낫다."('Tis better to have loved and lost than never to have loved at all.) 그런즉, 사랑을 막 시작하려는 연인들께서는 배반당할 준비들을 미리 하시라. 무너지는 기대감에 너무 놀란 나머지, 우리 사랑이 통째로 가짜가 아닐까 절망하면서 공황 속에서 허둥대기 싫다면.

# 사랑은 타이밍이다

The Curious Case of Benjamin Button (2008)

가령 애인이 유학을 떠난다든지 하여, 본의 아니게 양의 동서로 헤어져 지내게 된 커플을 일컬어 "롱디 커플"이라고들 부른다. 장거리Long Distance를 요즘 식으로 줄여 부르는 말이다. 김혜림이라는 여자 가수가 시외 직통전화를 일컫는 디디디DDD를 통해 연애하는 연인의 심정을 노래하면서 "더 이상 이제 나는 기다릴 수가 없어요, 마지막 동전 하나 손끝에서 떠나면, 디디디 – 혼자서 너무나 외로워"라고 노래하던 게 불과 20년 전인 1989년이다.

연인들에게는 디디디 시외전화의 거리도 너무 먼 법이거늘, 지구촌이 좁아지다 보니 연인들이 겪어내야 하는 물리적인 거리는 자꾸만 늘어나는 추세다. 젊은 후배들과 대화를 해봤더니, '롱디' 커플은 오래 못 가는 게 상식이란다.

198

편지란 그저 손으로 써서 우체통에 넣어야 맛인 줄로만 아는 구식으로 내몰린 내가 한탄한다. "그렇게 서로에 대한 끈이 약해서야 어디 그걸 연애라고 할 수 있겠느냐"고. 그러는 나를 안쓰러워하며, 후배가 "모르는 소리 마시라"며 들려준 사연이 있다.

이른바 '롱디' 커플이 오래 버티지 못하는 건 거리 때문이 아니란다. 오래 못 보기 때문만도 아니란다. 이들의 적은 '시차'였다. 사람은 아침, 점심, 저녁 때 그 시간에 어울리는 심리상태가 되는 법이다. 상상해 보라. 어제의 짐을 떨쳐버리고 활기차게 하루를 시작하는 아침, 붐비는 지하철 속에서 바다 저편 애인의 전화를 받는다. 그는 고단한 하루를 정리하고 홀로 집에 돌아와 어둑한 조명 속에서 그리움에 젖은 목소리로 "내 생각 많이 해?" 또는 그 비슷한 질문을 던진다. 이들의 대화가 상큼하게 이어질 수 있을까? 사랑에는 국경이 없다. 성장배경이나 집안 환경, 빈부의 격차나 지식의 많고 적음도 사랑을 가로막지는 못하는 법이다. 그러나 후배의 설명을 듣고 보니 시차를 오래도록 극복해낼 수 있는 사랑은 과연 있을까 싶다.

〈Seven〉, 〈Fight Club〉 등의 수작을 만들어낸 데이빗 핀처David Fincher 감독이 〈위대한 개츠비〉의 작가인 스콧 피

츠제럴드F. Scott Fitzgerald의 동명 소설을 원작으로 2008년 ⟨The Curious Case of Benjamin Button⟩을 영화화했다. 굳이 장르를 따지자면 판타지로 분류해야 옳을 이 영화에서, 시간은 벤자민이라는 사내한테만 거꾸로 흐른다. 그는 80대 노인의 몸으로 태어나 시간이 흐를수록 점점 젊어지는 것이다.

1918년 뉴올리언즈New Orleans에서 태어난 벤자민(브래드 피트Brad Pitt 분)은 해괴한 몰골 때문에 버림받아 양로원에서 성장, 아니 역성장하게 된다. 1930년, 73세의 몸이 된 그는 양로원에 놀러 왔던 여섯 살 난 조숙한 소녀 데이지Daisy와 친구가 된다. 그는 예인선의 잡역부가 되어 여러 곳을 여행하고, 심지어 전쟁도 겪게 되는데, 그는 어딜 가든지 데이지에게 엽서를 꾸준히 부친다. 1951년, 이제는 50대처럼 보이는 벤자민은 뉴욕으로 가서 20대의 무용수가 된 데이지(케이트 블랑체트Cate Blanchett 분)를 만난다. 하지만 데이지는 비슷한 또래의 동료 무용수와 연인 사이였다. 데이지가 서른두 살이 되던 1957년, 그녀는 교통사고로 무용을 그만두어야 할 처지가 된다. 벤자민은 그녀를 위로하러 병원으로 찾아간다. 그녀는 갈수록 젊어지는 벤자민을 보고 놀라지만, 그를 받아들이기에는 절망이 너무 컸다.

1962년, 뉴올리언즈로 돌아온 서른일곱 살의 데이지는 신체 나이가 마흔 살에 가까워진 벤자민과 만나고, 둘은 마침내 사랑에 빠진다. 두 사람은 뜨겁게 사랑하며 60년대를 함께 겪는다. 데이지는 딸 캐롤라인Caroline을 출산한다. 때는 1969년. 벤자민은 서른넷이 되었고, 데이지는 마흔 넷이 되었을 때다. 계속 나이를 거꾸로 먹었다간 아버지 노릇을 할 수 없을 거라고 생각한 벤자민은 말없이 두 모녀를 떠나 방랑길에 오른다.

시간대가 각기 다른 곳에 떨어져 사는 경우만 문제가 되는 게 아니다. 사람의 신체에 깃든 시계는 저마다 조금씩 다르니, 야행성 도깨비 같은 올빼미들이 있는가 하면, 새 나라의 어린이 스타일로 일찌감치 하루를 시작하는 소위 'early bird'들도 있다. 처녀 총각이 평생의 반려자를 찾는다면, 함께 새벽의 여명을 맞고, 함께 저녁노을을 품을 수 있는 상대를 찾기를 권하고 싶다.

이상한 계산이지만, 벤자민은 41살에서 34살이 될 때까지, 그리고 데이지는 37살에서 44살이 될 때까지의 7년 동안 이 두 사람은 더없이 달콤한 사랑을 나눈 셈이다. 1964년은 두 사람이 39살로 동갑내기가 되던 해였다. 비록 짧은 기간이나마 두 사람이 사랑의 열매를 수확할 수 있었던 비결은 '독특하게 젊은' 벤자민의 인내심이었다. 떨어져 지내던 긴 세월동안, 이들에게 전화는 위험스런 물건이었으리라. 이 독특한 '롱디' 커플을 이어준 건 답장을 받지 못하면서도 지치지 않고 데이지에게 보낸 벤자민의 엽서였다.

이 영화에서 나를 가장 매료시켰던 것도 바로 그 엽서였다. 엽서는 여행자의 통신수단이다. 떠도는 이가 머문 이에게 전하는 안부다. 편지만큼 유장하기 어렵다는 점에서 이메일과 엽서는 비슷해 보이기도 하지만, 비밀번호가 걸리지 않는 엽서는 이메일이나 전화문자보다 당당하고, 답장을 촉구하지 않는 외로움으로 비장하며, 상대방이 반갑게 받아 주리라는 믿음으로 충만하고, 엽서를 썼던 사람의 체온을 전달하는 친밀함으로 가득하다. 엽서를 보낼 상대가 있다는 건 얼마나 멋진 일인가. 그러나 다른 한편으로, 엽서가 지닌 멋은 그것이 아무런 약속도 담보하지 못한다는 반어적 매력임도 인정할 수 밖에 없다. 엄밀히 말해서 벤자민과 데이지가 엽서로 이어질 수 있었던 건 이들 사이가 아직 연인은 아니었기에 가능했던 일이다.

　사랑은 같은 장소에 있어야만 할 수 있는 건 아니다. 그
러나 적어도 같은 시간을 살아야 사랑이다. 국제적 시차를
말하는 게 아니다. 한 사람에게 10년처럼 길고 고통스러운
한 달이 다른 한 사람에겐 눈 깜짝할 사이에 지나간다면,
그 두 사람이 공유하는 건 깊은 사랑이 아닐 터이다. 서로
사랑하는 사람들이 체감하는 삶의 속도는 그들끼리만의
은밀한 공감대다. 롱디 커플이 깨지는 진짜 이유는 서로의
속마음을 멀리서 공유하는 일이 결코 쉽지 않기 때문일 것
이다. 그걸 할 수 있는 사람들은 이 영화 제목처럼 신기한
경우curious case다.

# 사랑은 이루어지지 않았을 때만 아름답다

Revolutionary Road(2008)

이루어진 사랑, 결실을 맺은 연애의 아름다움을 절절히 읊어대는 노래나 시를 보신 일이 있으신지? 이루어지지 못한 사랑의 긴 사연과 후일담은 예로부터 무수히 많은 예술 작품의 소재였다. 시, 소설, 가요, 오페라, 연극, 영화… 굳이 예를 나열하기가 난감할 정도다. 하지만 두 연인이 결합한 지점부터 시작하는 사랑 이야기를 찾아보기는 쉽지 않다. 이루어진 사랑은 사람의 가슴을 덩덩 울리는 힘이 없는 걸까? 아니면 혹시, 연인의 결합이 인생의 찬란한 클라이맥스이기 때문에 거기서부터는 내리막 밖에 없기 때문인 걸까?

나는 누군가를 만나면 "지금껏 본 영화중에 가장 좋았던 게 뭐였나요?"라는 질문을 즐겨 한다. 거기에 대한 대답으로 요즘 젊은 사람들이 단골로 고르는 영화 중에는 제임스 카메룬Ｊａｍｅｓ Ｃａｍｅｒｏｎ 감독의 97년 작품 〈Titanic〉이 들어 있다. 이 영화의 두 주인공 레오나르도 디카프리오Ｌｅｏｎａｒｄｏ ＤｉＣａｐｒｉｏ와 케이트 윈슬렛Ｋａｔｅ Ｗｉｎｓｌｅｔ은 타이타닉 선상에서 뜨겁고 충동적인 사랑을 나누지만, 결국 남자의 죽음이 둘을 갈라놓는다.

〈Titanic〉에서 맺어지지 못했던 두 사람이 부부의 연을 맺으면서 시작하는 영화가 있다. 케이트 윈슬렛의 남편인 영국인 감독 샘 맨데즈Ｓａｍ Ｍｅｎｄｅｓ의 2008년 영화 〈Revolutionary Road〉로, 리처드 예이츠Ｒｉｃｈａｒｄ Ｙａｔｅｓ의 1961년 동명 소설을 영화화한 작품이다. 나는 소설을 미리 보지 못했기 때문에, 이 영화의 첫머리에서 두 사람이 달착지근한 연애를 나누다가 결혼에 이르는 걸 보면서 어쩐지 〈Titanic〉에서 꾸어준 뭔가를 되챙겨 받은 듯 뿌듯한 느낌마저 들었다. 그러나 웬걸! 그게 아니었다. 근년에 본 적지 않은 영화들 중에 내게 이 영화만큼 불편한 앙금을 남긴 것도 없었다. 어찌나 뒤숭숭한지 잠도 잘 안 오더라.

프랭크Ｆｒａｎｋ(디카프리오 분)와 에이프릴Ａｐｒｉｌ(윈슬렛 분)은 파티에서 만난다. 에이프릴은 연기자 지망생이다. 둘은 결혼한다. 에이프릴은 주연을 맡았던 연극에서 혹평을 받는다. 연극이 끝나고 귀가하는 길에서 심기가 뒤틀린 그녀와, 그녀를 서툴게 위로해 보려던 그는 격렬한 언쟁을 벌인다. 그 싸움이 어찌나 실감나는지, 영화의 후반부에 대한 불길한 예감이 묵지근하게 느껴지기 시작한다.

몇 년이 지난 뒤, 프랭크와 에이프릴 내외는 코네티컷 교외의 레볼루셔너리 로드Revolutionary Road에 아담한 집을 장만한다. 프랭크는 기계판매회사에 취직했고, 둘 사이에는 두 자녀가 있다. 에이프릴은 배우의 꿈을 접은 지 오래다. 이 둘은 이웃의 시샘을 사는 선남선녀 커플이지만 정작 당사자들은 행복하지 않다. 그는 가정에서 채우지 못한 허전함을 밖에서 채우려 들고, 그녀는 꿈을 접고 살아가는 살림이 갑갑하기만 하다. 어느 날, 그녀는 그에게 무작정 프랑스 파리로 이민을 가자고 제안한다. 이 영화의 후반부는 그들의 새로운 꿈이 현실 앞에 좌절당하면서 이들 부부의 삶이 무너져 내리는 과정을 그리고 있다.

이 영화는 멘데즈 감독의 세심한 연출력이 돋보이는 완성도 높은 작품이다. 상업적으로도 비교적 성공했고, 개봉 당시 평도 그런 대로 좋았다. 두 주연배우의 호연도 돋보였는데, 특히 케이트 윈슬렛은 여우주연상 감의 연기를 보여주었지만 이 영화로 아카데미 후보 지명을 받지는 못했다.

이 영화의 두 주연배우에 관한 친구의 솔직한 편지를 소개한다. "내가 〈Titanic〉을 별로 재밌게 보지 못했던 이유는 남녀 주연이 둘 다 별로 좋은 느낌이 없어서였다. 케이트 윈슬렛 같은 여자는 사랑에 빠질 수는 있지만 백년해로 같은 걸 하기는 좀 그렇다. 더 나은 여자를 금세라도 만나게 될 거 같아서 불안하기도 하고, 나 없으면 안 될 거 같아 보이지도 않아서 연인으로 별로 안심이 안 되는 타입이다. 그러다보니 사고가 나서 다 죽을 거 같은 상황이 되어 버리니 오히려 맘이 편해지고 감정이입이 되더라. 디카프리오는 어딘가 기획사에서 만든 대형 신인 아이돌 같은 느낌이 들었다. '대형 신인'이 세상에 어디 있어? 〈Gangs of New York〉쯤에서부터 인상이 너무 변해버려서, 〈Titanic〉에 나오던 시절의 디카프리오와 사랑에 빠져서 결혼을 한 여자의 입장이라면 〈Gangs of New York〉 때쯤 가면 사기결혼당한 거 같은 기분이 들 거 같다. 그래서 그런 애들이 결혼을 해서 행복하게 잘 사는 이야기는 믿음이 안 가는 게 당연하고 징글징글해야 정상일 거 같긴 하다."

그것은 그녀가 같은 해 아카데미에서 〈The Reader〉로 여우주연상을 거머쥐었기 때문이었을 뿐이다. (상을 두 개 줄순 없잖은가.)

아마도 나를 불편하게 만들었던 건, 이 영화가 그려내고 있는 중산층의 평범한 결혼생활이 너무나 끔찍했고, 그것이 실감 났다는 점이었을 것이다. 중산층 가정의 가식적인 화목을 해부한 영화라면 케빈 스페이시Kevin Spacey 주연의 〈American Beauty〉 같은 영화도 있고(공교롭게도, 또는 당연하게도, 이 영화 또한 샘 맨데즈 감독의 작품이다!), 국산 영화 중에는 〈바람난 가족〉 같은 것이 있긴 하다. 하지만 〈Revolutionary Road〉만큼 공감이 가지는 않았다.

디카프리오와 윈슬렛 커플이 〈Titanic〉에서 미리 만들어 놓았던 화학작용을 이어간 점이 그런 공감을 이끌어내는 데 기여한 측면도 있었겠다. 하지만 그것만이 아니다. 〈Revolutionary Road〉가 동일한 주제를 다룬 다른 영화들과 차이가 있다면 이 영화의 주인공들은 끝까지 상대방으로부터 사랑을 갈구하고 있었다는 점이다. 그래서 더 징그러운 거다. 결혼생활의 총체적인 견적이 한심스럽고 서글프기만 한 것일 리야 없겠지만, 〈Revolutionary Road〉는 서로 사랑해서 맺어진 두 사람이 서로의 삶 속에 드리우는 어두운 그림자를 너무나도 샅샅이, 그리고 큰 소리로 보여주고 있었다.

누구나 프랭크와 에이프릴 부부 같은 달콤한 연애의 기억을 가지고 있다. 우리는 대개 남들 보기에 괜찮을 정도로 삶을 포장하는 법을 알고 있기도 하다. 하지만 동시에 우리는 모두 다람쥐 쳇바퀴 돌듯 하는 밥벌이의 일상에 숨 막혀 하고 있고, 저마다 접어버린 꿈에 대한 아쉬움도 가지고 있다. 우리는 각자 그 나름의 '갈 수 없는 나라', 저마다의 '프랑스 파리'도 가지고 있다. 그리고, 아무리 행복한 결혼생활 속에라도 ― 정도의 차이가 있을망정 ― 사랑의 환상을 팍삭 깨 버리는 부부싸움이 들어 있기 마련이다. (아마 그럴 거다.)

낯선 갈등을 거쳐 가면서 서로에 대한 기대를, 또 자기 스스로를 적당히 포기하는 법을 배우는 사람들만 부부생활을 유지하는 건지도 모른다. 또는, 처음 만나서 연애하는 동안에는 저절로 가파른 상승곡선을 그리던 둘 사이의 애정은 결혼생활에 접어든 이후부터는 어른스런 절제와 의식적인 노력을 통해서 아주 느리고 완만하게 완성도를 높여 갈 수 밖에 없는 건지도 모른다. 어느 쪽이든, 힘난한 인생을 배우자와 함께 헤쳐 나갈 저력을 가진 사람들이라면 이 영화가 주는 충격을 성숙하게 소화할 수도 있지 싶다. 하지만 나는 이 영화를, 최소한 결혼을 앞두고 있는 후배들에게는 보지 말도록 권하고 싶다. '이루어진 사랑'의 말로가 이토록 험상궂기만 할 거라고 지레 겁을 먹을까봐서.

# 사랑은 있을 때 잘하는 것이다

내 사랑 내 곁에 (2009)

박진표 감독은 어눌한 말버릇과 선량하고 커다란 눈을 가졌다. 그래서 그의 작품 〈너는 내 운명〉의 황정민이나 〈내 사랑 내 곁에〉의 김명민이 연기한 주인공들은 박 감독 자신을 연상시키는 구석을 적잖이 가지고 있다. 90년대에 SBS 방송국의 다큐멘터리 PD로 감독에 입문한 덕분인지, 박 감독은 노인의 성문제를 정면으로 다룬 화제의 데뷔작 〈죽어도 좋아〉에서부터, AIDS 문제(너는 내 운명), 유괴 사건(그놈 목소리), 루게릭 병(내 사랑 내 곁에)과 같이 르포 기사의 소재로서 눈길을 끌 법한 실화에 집착하고 있다. 〈내 사랑 내 곁에〉의 중환자 6인 병실에 대한 세심한 스케치 같은 대목에서, 그의 장점은 잘 발휘되기도 한다. 하지만 나는 개인적으로 이제 흥행감독의 반열에 오른 그가 앞으로는 실화의 센세이셔널리즘sensationalism에 대한 강박관념을 내려놓고 좀 더 편안하게 상상력을 펼쳐갔으면 좋겠다고 생각한다.

〈내 사랑 내 곁에〉는 배우 김명민의, 김명민에 의한, 김명민을 위한 영화다. 루게릭 병에 걸린 환자의 모습을 실감나게 연기하느라 무려 20kg을 감량한 그에게, 감독을 포함한 제작진조차 이젠 좀 그만 하라고 달랬다는 후문이다. 김명민의 그런 압도적인 열연 속에서도 존재감을 잃지 않은 하지원이 대단하다 싶을 정도다. 모르긴 해도 배우들의 열연도 상대역과 상승작용을 하는 모양이다.

지수(하지원 분)는 결혼에 실패한 장례지도사다. 어느 장례식을 준비하다 그녀는 어린 시절 한 동네에서 자랐던 종우(김명민 분)를 고객으로 만난다. 그의 유일한 혈육인 어머니가 돌아가신 날이었고, 그는 루게릭 병을 1년째 앓으며 휠체어에 앉아 있다. 장례식을 마친 뒤 그가 그녀에게 사귀자고 한다. "나, 몸이 굳어가다 결국은 꼼짝없이 죽는 병이래. 그래도 내 곁에 있어줄래?" 그로부터 1년 뒤 성당에서 둘만의 결혼식을 올린 두 사람은 병실에서 신혼생활을 시작한다. 병실에서 사랑을 나누는 이들의 모습은 마치 〈Waterdance〉(1992)에서 척추신경마비로 입원한 에릭 스톨츠Eric Stoltz와 그를 간호하는 헬렌 헌트Helen Hunt가 다른 환자들의 눈을 피해 서로를 애무하는 장면을 연상시킨다. 이들이 서로의 몸을 느끼는 행위는 백 마디 위로의 말보다 더 힘찬 삶의 의지의 표현이다.

병마에 시달리는 종우의 몸은 점점 그의 굳센 투병 의지를 배반한다. 자기는 꼭 나을 테니 두고 보라며 지수에게 호언장담하던 연인 종우는 점점 사그러들고, 지쳐가는 병자 종우는 지수에게 잔인한 폭언을 퍼붓기도 한다. 사법시험을 보겠다며 병실에 갖춰둔 법률서적들은 이제 그의 비참함을 더 잔혹하게 일깨워주는 바깥세상의 표식일 뿐이다. 뇌신경 손상으로 감정 조절이 어려워지던 종우는 말을 할 수 없는 상태가 되고, 결국 생명의 불꽃을 놓는다. 지수는 그의 시신을 정성스레 수습하며 한 번 더 눈물을 흘린다. 김명민이 직접 부르는 김현식의 노래 '내 사랑 내 곁에'가 엔드 크레딧과 함께 흐른다.

장의사가 주인공으로 등장하는 최근 영화로는 모토키 마사히로本木雅弘와 히로스에 료코広末凉子가 주연하는 일본영화 〈보내는 사람〉おくりびと(2008)이 있었다. 2009년 아카데미 시상식에서 일본영화 최초로 외국어영화상 작품상을 수상했던 이 영화는 일본인 특유의 절제된 슬픔을 단아하게 담아낸 수작이다. 죽음은 언제나 살아남는 자들이 감당

해야 하는 아픔이라는 걸 이 영화는 잘 보여준다. 그런 의미에서 〈보내는 사람〉과 〈내 사랑 내 곁에〉는 정반대의 메시지를 담고 있다. 지수는 종우가 죽음을 향해 달음박질치기 시작하는 시점부터, 비록 부질없지만 그를 '보내지 않으려는' 싸움을 시작하기 때문이다. 살아 있을 동안, 산 자들끼리 나누는 온기가 사랑이라고, 〈내 사랑 내 곁에〉는 말하고 있다.

종우를 만난 직후 지수는 사무실에서 루게릭 병에 대해 검색해 보고는 그 병이 치명적이라는 사실을 알게 된다. "응? 정말로 죽네." 그러고서도 그와의 연애를 시작하는 지수의 심정을 쉽게 짐작할 수는 없지만, 힘이 들더라도 전

김명민은 훌륭한 배우다. 하지만 나는 그가 '메소드 액팅' method acting의 대가로 불리지는 않기를 바란다. 메소드 액팅이란, 배역 속에서 배우가 보이지 않게 되는, 스타니슬라브스키Konstantin Stanislavsky 식의 연기법을 말한다. 메소드 배우의 완벽주의는 그것이 과할 때는 히스 레저Heath Ledger의 경우처럼 사람을 잡기도 하고, 적당할 때는 더스틴 호프먼Dustin Hoffman이나 메릴 스트립Meryl Streep처럼 징그러워 보이며, 모자랄 때는 사람 자체가 좀 모자라 보이게 만든다. 대부분의 관객은 배우가 자신만의 매력을 개발해 주기를 원한다. 김명민은 자기 색깔을 지키는 일의 중요성을 알고 있는 것 같아 다행이다.

력을 기울여 사랑을 불태울 상대를 놓치지 않겠다는 결의
나 오기 같은 것이 아니었을까. 영화 속에서 그녀는 입버릇
처럼 말한다. 사랑은 불태우는 거라고. 죽음의 코앞에서도
삶을 필사적으로 끌어안으려는 이런 태도는 건강해 보이
고, 그것이 이 영화가 지닌 호소력이다.

　죽은 사람을 사랑하기는 쉽다. 죽은 사람은 짜증을 부
리지도 않고, 물을 달라, 등을 긁어라 요구하지도 않는다.
좀 극단적인 줄거리지만, 시신을 다루는 직업을 가진 사람
을 다룬 영화가 하나 더 있다. 1996년 만들어진 캐나다 영
화 〈Kissed〉의 주인공 산드라Sandra(몰리 파커Molly Parker 분)
는 죽은 사람들의 침묵과 평정에 매료된 나머지 시신을 사
랑하는 네크로필리아necrophilia의 경지에 다다른다. 살아 있
는 남자친구와 동침을 하던 그녀는 그에게 불평한다. "네
몸이 너무 뜨거워." 산드라의 사랑이 이기적이고 추상적인
사랑이라면 〈내 사랑 내 곁에〉의 지수의 사랑은 절박하고
도 구체적인 사랑이다.

　〈Kissed〉만큼 극단적이진 않더라도, 망자에 대한 사랑
을 다룬 작품은 많다. 그 사랑의 기억이 애틋하고 아름다
운 건, 역설적으로 살아 있는 동안 '지지고 볶는' 사랑이 그
만큼 어렵다는 사실을 반증한다. 우리나라에서도 흥행에

성공했던 일본영화 〈러브레터〉ラヴレター-에서 주인공 두 여자 (나카야마 미호中山美穗의 1인 2역)는 등반사고로 사망한 한 남자에 대한 기억을 공유하며 편지를 주고받는다. 희미해져가는 옛 애인의 기억을 간직하려고 잔인한 시간과 싸우는 것은 고상하고 아름다운 일이다. 그러나 죽은 자와의 사랑이 가지는 모순은, 만일 그가 살아 있었다면 그에 대한 사랑이 이토록 애틋하지 않았을지도 모른다는 사실이다. 〈러브레터〉의 주인공 히로코博子의 사랑은 어쩌면 생전의 애인과 불태우지 못한 사랑에 대한 회한처럼 보이기도 한다. 설산에서 동사한 애인을 기억하며 그녀는 눈 덮인 산을 찾아가 죽은 이를 향해 건강하냐며 소리친다. 시간을 거스르고 싶은 그녀의 사랑은, 기억 속에 냉동된 사랑이다.

시한부 인생을 사는 환자와 연애를 시작하는 〈내 사랑 내 곁에〉의 줄거리가 작위적이고 억지스러워 보인다면, 그것을 하나의 비유로 읽어도 좋을 것 같다. 인간은 예외 없이 죽게 되어 있으므로, 우리 모두는 기한을 알지 못하는 시한부 사랑을 하고 있는 셈이기 때문이다. 만일 모든 사람이 시간이 얼마 남지 않은 것처럼 사랑한다면, 사소한 일로 다투고 헤어질 연인은 없을 거다.

# 사랑은 운명적인 만남이 아니다

500 Days of Summer (2009)

2005년에 〈The Hitchhiker's Guide to the Galaxy〉에서 주이 디샤넬Zooey Deschanel이라는 배우를 처음 봤을 때 두 가지 느낌이 들었다. 그녀의 이름이 이 괴상한 SF 영화만큼이나 특이하다는 것과, 머지않아 로맨틱 코미디에서 그녀를 종종 볼 수 있으리라는 예감. 그로부터 3년 뒤 디샤넬은 짐 캐리Jim Carrey의 상대역으로 〈Yes Man〉에 출연했는데, 과연 이런 데서 보는구나 싶어 반가우면서도 역할이 왠지 미진해보였다. 그러더니 그 이듬해에 드디어 〈500 Days of Summer〉로 사고를 쳤다. 조셉 고든-레빗Joseph Gordon-Levitt이라는, 그 또한 이름이 평범하지 않은 남자배우와 짝을 이루어.

남녀 주인공이 그냥 나란히 서 있기만 해도 '그림이 되는' 경우가 있다. 흔치 않지만, 그렇다고 아주 드문 것도 아니다. 신성일과 엄앵란이라든지, 최불암과 김혜자가 그렇다고 할 수 있고, 프레드 아스테어Fred Astaire와 진저 로저스Ginger Rogers, 캐더린 햅번Katharine Hepburn과 스펜서 트레이시Spencer Tracy, 아예 결혼을 해버린 엘리자베스 테일러Elizabeth Taylor와 리처드 버튼Richard Burton, 브레드 피트Brad Pitt와 안젤리나 졸리Angelina Jolie 등등. 이렇게 유명세를 타는 커플이 꼭 아니더라도, 흥행에 성공하는 영화들은 전부 다, 정도의 차이는 있을망정, 주인공들 사이의 '화학작용'chemistry 덕을 본다. 그래서 영화에서 캐스팅은 중요하다. 심지어 각본이나 연출보다도 중요하다는 게 나의 생각이다. 조셉 고든-레빗과 주이 디샤넬은 몹시 잘 어울리는 커플이어서, 〈500 Days of Summer〉는 이 두 사람이 함께 찍은 첫 영화인데도 크게 히트했을 뿐 아니라, 두 사람의 사랑놀음은 젊은이들 사이에서 일종의 컬트가 되었다.

탐Tom(고든-레빗 분)은 건축설계를 전공했지만 카드회사에서 축하문구 등을 쓰는 일을 하고 있다. 그는 직장에 새로 입사한 서머Summer(디샤넬 분)에게 반한다. 둘은 가까워지지만, 서머는 탐에게 자신은 진정한 사랑 따위는 믿지 않으며 애인도 필요 없다고 말한다. 그들은 데이트, 또는 그와 아주 비슷한 뭔가를 한다. 대부분의 남자들이 그렇듯

탐은 로맨티스트다. 그는 영화 〈Graduation〉이 진정한 사랑이 무엇인지를 보여준다고 믿는다. 두 사람은 이 영화를 함께 보지만, 서머는 여전히 이 점에 관해서는 동의하지 않는다. 둘은 헤어지고, 서머는 회사를 그만둔다.

몇 달이 흐른 후 두 사람은 회사 직원의 결혼식에서 재회한다. 신부가 던진 부케를 서머가 받는다. 돌아오는 기차에서 두 사람은 나란히 앉는다. 탐은 그녀를 파티에 초대하는데, 파티장에 나타난 서머의 손가락에는 약혼반지가 끼워져 있다. 한참 동안 폐인이 되어 지내던 탐은 직장에 사표를 낸다. 이제 그는 본래 전공이었던 설계 일을 하려고 입사 인터뷰를 하고 다닌다. 길에서 우연히 만난 서머에게 탐은 앞뒤가 안 맞는 그녀의 행동을 따져 묻는다. 그녀는 탐에게 자기가 틀렸더라며, 너의 말처럼 진정한 사랑은 존재하더라고 말한다. 어떤 남자를 만났는데, 너에게서는 느낄 수 없던 어떤 감정을 느꼈다고. 탐은 이번엔 편안한 얼굴로 작별인사를 한다. 며칠 후 그는 인터뷰에서 매력적인 입사 지망생을 만나, 그녀에게 데이트를 신청한다. 그가 묻자, 그녀는 자기 이름을 알려준다. 오텀<sub>Autumn, 가을</sub>이라고.

청춘 남성의 실연극복+성장기라는 점에서, 이 영화는

허진호 감독의 〈봄날은 간다〉를 연상시킨다. 두 영화가 던지는 메시지는 비슷한 건지도 모른다. 하지만 〈봄날은 간다〉가 비장할 정도로 진지한 드라마라면 〈500 Days of Summer〉는 경쾌한 코미디다. 뜨거운 여름 한철을 겪듯이 청년은 사랑의 통증을 겪어낸다. 유지태와 이영애가 애당초 어쩐지 끝까지 가기는 어려운 커플처럼 보이는 반면 고든-레빗과 디샤넬은 천생연분처럼 보인다는 점도 차이점이다. 이른바 로맨틱 코미디에서는 장르적 약속이 지켜지기 마련인데, 둘이서 티격태격하다가 결국 맺어지는 전형적인 해피엔딩이 아니라 실연의 과정을 그린 영화인데도 상업적 성공을 거두었다는 게 나로선 좀 신기하다. 잘 어울리는 커플이 헤어지는 코미디가 왜 성공한 걸까? 아마도 두 가지 답이 가능할 것 같다.

첫째. 이 영화는 솜씨 좋게 잘 만들어졌다. 두 사람이 사귀는 1년 반의 기간이 순서대로 그려진 게 아니라 앞뒤를 오가면서 마치 실연한 남자의 기억 속을 복기하듯이 스케치되어 있다. 시간의 흐름을 거스르는 영화는 많이 봤지만, 이렇게 법칙도 없이 앞뒤를 잘라 붙인 영화는 처음 봤다. 그런데 그 느낌이 묘하다. 우리가 지나간 일을 떠올릴 때, 순서대로 기억하는 법은 없지 않던가. 이탈리아의 거장 감독 페데리코 펠리니Federico Fellini가 "영화는 꿈"이라고

이 영화에 관한 내 친구의 감상은 이랬다. "서머가 한 순간도 탐을 사랑한 적이 없다 보니 이 영화는 러브스토리도 아니고 아닌 것도 아니고 그렇다고 코미디도 아닌 무언가가 되어 버렸다. 연애영화라 면 그 안에 연애가 있어야 하는데 이 영화의 서머와 탐 사이에 연애란 없다. 원래 의도가 그랬던 걸 로 보이니 딱히 뭐라 할 말은 없는데, 그래도 따뜻하고 가식 없는 다독임 같은 게 필요하다는 생각이 든다. 해리가 샐리를 만나서 했던 것들을 탐은 오텀이랑 하겠지. 오텀 덕에 서머가 악당이 되는 건 면한 듯하니 결국 이 영화를 구원한 건 오텀인 듯."

말했던 게 떠오른다. 꿈에는 시공의 법칙이 따로 없다. 어쩌면 이 영화의 편집이야말로 관객의 가슴 속에 꽁꽁 묻힌 민감한 추억의 금고를 여는 '인셉션'inception 솜씨인지도 모르겠다.

둘째. 이런 영화의 주 소비층인 20~30대의 태도가 '운명적 사랑'에 대해 예전보다 좀 더 비관적으로 변한 게 아닐까. 80년대 말의 연애정신을 대표한다고 해도 좋을 〈When Harry Met Sally〉는 주인공들이 만나고 사귀다 헤어지기를 반복하면서도, 결국 두 사람이 맺어지는 판타지를 품고 있다. 쿨한 척 했지만 80년대 청춘들은 사실은 운명적 사랑의 해피엔딩을 선호했던 거다. 확실히 요즘 젊은이들은 사귀던 애인과 헤어지는 일에 훨씬 더 관대하고 익숙한 것처럼 보인다.

정말로 쿨한 연애 실패담이라고 할 수 있는 70년대의 〈Annie Hall〉조차도, 이만큼 경쾌하지는 않았다. 빈정대는 풍자가 칼날처럼 숨어서, 두 주인공의 연애담이 아름다워 보이진 않았기 때문이다. 탐은 서머를 원망하면서도, 그녀에 대한 기억을 아름답게 간직하고 있다. 그것이 아마도 이 영화가 관객에게 성공적으로 호소하는 기특한 구석일 것이다. 어느새 나는 상대를 쉽게 만나고 쉽게 헤어지는 풍조에 공감하기에는 너무 구식이 되어버렸다. 그러나 〈500 Days of Summer〉에 담긴 한 가지 교훈에는 공감할 수 있다. 외모나 분위기가 얼마나 어울리느냐는 따위로 정해지는 운명적 사랑이란 없다. 운명적 사랑은 정해지는 게 아니다. 만들어 내는 것이지.

# 사랑은 가능한 선택이다

The Notebook (2004)

나는 영화를 사랑하지만, 음악도 사랑한다. 음악을 듣는 것도 좋고, 노래를 부르는 것도 좋다. 대학교 때는 합창써 클에서 노래를 불렀는데, 뮤지컬 〈루나틱〉의 작곡가 권오 섭 군이 그 써클의 후배다. 자주 만나진 못하지만, 홍대 앞 에 있는 그의 작업실은 참 아늑하다. 한 켠에는 녹음을 할 수 있는 방이 있고, 다른 쪽엔 소파와 서가를 갖춰놓았다. 야근을 마치고 그냥 퇴근하기 심난한 날이면 나는 가끔 예 고도 없이 그의 작업실을 방문했다.

"이야, 정말 부럽다. 이렇게 자기가 즐기는 일을 하면서 지내는 너는 정말 좋겠다."

진심으로 한 말이었다. 그런데 가끔씩 득도한 사람처럼

굴곤 하는 이 후배가 자기는 도리어 내가 부럽다고 말하는 거였다. 엥? 내가? 넥타이 매고 아침부터 밤까지, 주말도 없이 사무실에서 일하는 내가 뭐가 부러워?

"형은 자주는 못하시겠지만, 후배들하고 가끔 밴드 연습 하고 노래 부를 때 즐겁고 행복하시죠? (뭐... 그렇지.) 저는 이제 음악이 밥벌이가 되고 나니까 어렸을 때만큼 즐겁지가 않아요. 음악이 스트레스가 되다니, 큰 행복 한 가질 잊어버린 거 같아요."

세상에 좋기만 한 일은 없다. 실은, 어떤 일의 좋은 점은 바로 그 일의 나쁜 점이기가 쉽다. 사람으로 치자면, 어떤 사람의 장점이 바로 그 사람의 단점인 거다. 온유한 사람은 우유부단하고, 결단력 있는 사람은 독선적이다. 남의 말에 귀 기울일 줄 아는 사람은 귀가 얇고, 공정한 사람은 가혹 하기 마련이다. 빠른 사람은 경솔하거나 부정확한 법이고, 정확한 사람은 느리거나 편협하기 일쑤다. 쾌활한 사람은 덜 진지하고, 진지한 사람은 덜 쾌활한 게 당연한 이치 아 니겠나? 사람끼리 하는 것이므로, 사랑도 마찬가지다. 그 건 언제나 선택의 문제다.

〈The Notebook〉이라는 2004년 영화가 있다. 사실 이 영화의 더 큰 주제는 '기억'인데, 기억에 관해서 내가 하고 싶은 이야기는 앞쪽에 〈Iris〉를 가지고 해버렸으니까 그 주제에 관해선 덮어두련다. 〈The Notebook〉은 아마도 레이첼 맥아담스Rachel McAdams가 가장 매력적으로 나오는 영화일 거다. 치매에 걸린 할머니가 있고, 그녀를 가까이서 돌보는 노인(제임스 가너James Garner)과, 그녀를 방문하는 아들딸들이 있다. 할머니의 이름은 앨리고, 회상 속에서 젊은 날의 앨리를 레이첼 맥아담스가 연기한다. 1940년 여름, 부자집 딸 앨리Allie는 동네 카니발carnival에 갔다가 멋진 청년 노아Noah를 만난다. 청년은 벌목장 인부인데, 둘은 여름 내내 뜨거운 사랑을 불태운다. 하지만 둘의 결합을 결사반대하는 앨리의 부모 때문에 둘은 헤어진다. 앨리 가족이 이사를 간 뒤에도 노아는 계속 편지를 쓰지만 앨리의 어머니는 그 편지를 숨긴다.

제2차 세계대전이 터지고, 노아는 군에 입대한다. 앨리는 간호사로 자원봉사를 하던 중에, 매력적인 청년 론Lon을 만난다. 론은 부잣집 아들이고, 양가의 축복 속에 둘은 약혼한다. 전쟁 후 고향으로 돌아온 노아는 여전히 앨리를 그리면서 예전에 그녀에게 약속했던 둘만의 집을 짓는다. 결혼을 앞두고 드레스를 고르던 앨리는 신문기사에서 노아의 집 이야기를 읽는다. 충격 속에 고향을 찾아간 앨리는

거기서 노아를 만나고 두 사람은 이틀간 함께 머물며 예전의 사랑을 확인한다. 노아가 집을 비운 사이, 앨리의 어머니가 찾아와 자신의 실패한 옛사랑 이야기를 들려주며 현명한 선택을 내리라고 충고한다. 론도 앨리를 데리러 고향 마을로 내려온다. 노아는 앨리에게 떠나지 말라고 애원한다. 약혼자 론을 다시 만난 앨리는 말한다. "당신 앞에 있을 때의 나와 노아 앞에서의 나는 완전히 다른 두 사람 같아요."

영화는 감질나게도, 노년의 남편 역을 맡은 제임스 가너가 과연 누구인지를 거의 끝나갈 무렵까지도 알려주지 않는다. 앨리는 어떤 선택을 내렸을까? 정열적인 노아를 택하고 나중에 만난 사랑을 떠나보냈을까? 아니면 자상한 론에게 돌아가고 노아에 대한 기억을 덮어두었을까? 그도 아니라면, 그녀는 버거운 선택을 포기하고 나중에 만난 다른 누군가와 여생을 보냈을까? 과연 누가 더 나은 상대였을까? 영어 속담에 "케익을 먹기도 하고 갖고 있기도 할 수는 없다"(You cannot eat the cake and have it)는 말이 있다. 선택이 두려워서 적령기를 놓쳐가는 후배들에게 내가 해 주는 조언이 있다. 완벽한 상대를 찾으려는 욕심은 버리라는 거다. 남자다운 게 좋다면 욱하는 성질도 참아줘야 하고, 해맑아서 반했다면 세상 물정 모른다고 화내지도 말아야 한다. 다정해서 좋다고? 그렇다면 너한테만 친절할 리가 있겠니? 여성스러워서 끌린다면 그녀더러 소극적이라고 짜증내지도 말 일이고, 지성미가 그녀의 매력이라면 그녀의 잘난 척도 받아주는 수 밖에.

  앨리의 선택은 옳았을까? 그녀는 자신의 선택에 대해서 후회하지 않으며 지냈을까? 그럴 리가. 어떤 선택에도 후회는 따르기 마련이다. 후회는 선택의 본질에 속한다. 우리가 "전혀 후회가 없다"라는 말을 입 밖에 내뱉는 것은, 정작 후회하고 있는 스스로를 다잡을 때이다. 프로스트 Robert Frost 식으로 말하자면, 갈라진 두 길 중 어디로든 우리는 걸어야 하고, 가지 않은 길The Road Not Taken을 궁금해하며 살아가야 할 운명인 거다. 따지고 보면, 인생사 전체가 선택의 문제다. 하지만 자기 의지로 내린 선택의 약속을 지키며 사느냐, 또는 후회가 당신의 삶을 지배하도록 만드느냐는 당신 자신의 몫이다. 저는 날더러 부럽다지만, 나는 여전히 나의 작곡가 후배가 무척 부럽다. 그래도 이제 와서 내가 그가 될 도리는 없는 거다.✢

돌아가신 아버지께서는 어린 아들들을 데리고 저수지로 낚시를 자주 나가셨다. 그 취미를 이어받은 내 동생은 프로 배스bass낚시 선수 겸 낚시 칼럼니스트가 되었다. 그렇게 따지면 나의 영화 애호는 어머니로부터 물려받은 셈이다. 단발머리 학창시절 어머니는 극장을 자주 찾던 영화팬이셨다. 전쟁 직후 암담한 현실 속에서 자란 이 땅의 소년·소녀들은 그렇게 먼 나라의 아름다운 사람들을 바라보며 꿈을 잃지 않는 법을 연습했던가 보다. 십 수 년 전까지만 해도, TV 앞에 함께 앉아 아카데미 시상식이라도 볼라치면 어머니는 배우들의 이름과 출연작을 줄줄 꿰셨다. 웬 영화를 그렇게 많이 보셨냐고 물으면 딱 잘라 하시던 말씀. "그땐 다 그랬다."

언제부턴가, 영화제 시상식을 방청하며 중계방송처럼 떠드는 역할을 어머니 대신 내가 하고 있었다. 배우들이 늙어가는 걸 보고 마치 당신의 꿈이 시드는 것처럼 안타까워하시던 어머니의 한숨을, 이젠 내가 이해하는 나이가 되기도 했다. 영화 전문가들이 넘쳐나는 세상이라, 감히 누구에게 자랑하자고 영화를 애호한 건 아니었다. 그런데도 영화라는 매체에 애정을 느낀 지 20여 년 되고 보니 그 서툰 애정은 책이 되어 세상에 나왔다. "나 원 참. 사랑은 많은 걸 가능케 한다더니…."

영화를 보는 동안, 우리는 그냥 화면을 지켜보는 사람 이상의 누군가가 된다. 다른 누군가가 되어보는 경험, 그것이 아니었다면 우리는 구태여 소설을 읽거나 영화를 보는 수고를 무릅쓰지 않을지도 모른다. 은막銀幕은 흡사 거울처럼, 영화를 바라보는 우리의 모습을 비춰주기도 한다. 스크린에 언뜻 비치는 내 모습은 낯익은 것이기도 하고, 때론 낯선 것이기도 하다. 사실 극장 밖 일상 속에서도 나 아닌 다른 누군가가 되어보는 것은 중요하다. 역지사지易地思之는 세상 모든 도덕의 황금률이니까. 상대방의 입장에 자신을 놓고 어떤 일을 다시 한 번 바라보는 것은 도덕적 감성만으로 가능한 일이 아니다. 실은 그것은 영화적 상상력도 필요로 한다. 영화는 내가 미처

231

모르던 바깥세상을 바라보는 투명한 유리창이기도 하다. 왕왕 "거짓말 하지 마"란 뜻으로 "소설 쓰지 마"라고 말하기도 하고, 현실성이 없다는 뜻으로 "영화 같다"는 표현을 쓰기도 한다. 그러나 소설이 거짓말이 아니듯, 영화를 비현실의 대명사처럼 부르는 것도 부당하다. 영화 속에는 과거에 현실이었거나, 다른 누군가의 현실이거나, 현실일 뻔했거나, 현실이지 말란 법도 없거나, 현실일 수도 있을 법한 현실의 수많은 가능태dynamis가 담겨 있다. 그래서 영화감상은 여러 종류의 인생을 살아볼 수 있는 역동적인dynamic 체험이 되는 것이다.

화면의 의미와 작가의 의도를 샅샅이 분해하는 전문가들에 도전할 무모한 용기는 내게 없다. 그저 나는 이 책에 영화라는 거울에 비친 나의 모습과, 영화라는 창을 통해 바라본 세상의 모습을 담았다. 그것이 내가 나의 벗들에게 권하는 영화감상 요령이기도 하다.

(2009.6.27. 서울신문 게재)